Le bunker
de Tbilissi

Iva
Pezuashvili

Le bunker de Tbilissi

ROMAN TRADUIT DU GÉORGIEN
PAR MARIKA MEGRELISHVILI

Emmanuelle Collas

Couverture & intérieur: Cheeri
Photographie de la jaquette:
© Suteishi/Getty Images

Éditions Emmanuelle Collas
SAS Emmanuelle Galaade éditeur
3, place André Malraux
75001 Paris, France

www.emmanuelle-collas-editions.com

7 h 28

Il existe une ville du nom de Joukovka et, si aujourd'hui un géographe, rat de bibliothèque et spécialiste de la Russie, ne retrouve pas sa patrie sur la carte, à cette époque, avant que Gorbatchev n'émette son marasme d'idées sur la Perestroïka et que la liberté ne rende le citoyen soviétique diarrhéique, cette ville, Joukovka, était une ville connue des jeunesses communistes et de tous pour sa fabrication d'un vélo de rêve. Ce vélo se nommait « Desna dva » : il avait de petites roues bien solides, un cadre pliable appelé « rama » et un prix très élevé, objet de toutes les spéculations. Pourtant, pour celui qui chevauchait un Desna dva, ou plutôt pour ses parents, il valait son prix, car rien ne marchait aussi bien dans l'Union soviétique que l'industrie qui attisait l'envie. Voilà pourquoi le parent soviétique, afin qu'il ne paraisse pas indigne, était prêt à se saigner et il aurait acheté le Desna dva à n'importe quel prix, histoire d'en mettre plein la vue à ses voisins plus pauvres que lui. Il apprenait souvent lui-même à son enfant à faire du vélo et rien n'était plus « kitch » que le visage souriant d'un enfant pédalant sur son Desna dva. Puisque l'Union soviétique était elle-même une grande et méchante « kitsch », vous croiserez ce sourire très souvent sur les mosaïques, les affiches et les timbres-poste. Pourtant la progéniture soviétique ne se préoccupait pas trop de cela. Bien au contraire, il fallait voir comment elle rendait hommage aux ingénieurs du Desna dva et comment elle bénissait leurs mains habiles et leurs cerveaux ingénieux, car ils avaient prévu une place supplémentaire sur le cadre du vélo, à l'arrière. Les conducteurs du Desna dva s'envolaient devant les écolières, les faisaient monter sur le siège passager et les filles se collaient à eux comme à des chevaliers. Il y avait en effet quelque chose de chevaleresque, romantique, mielleux et presque grossier dans ce comportement, car les écolières portaient souvent des minijupes et des chaussettes blanches, affûtant l'œil des pervers. La chaîne du Desna dva suintait le mazout et la graisse. Dès lors, le parent d'une écolière soviétique, un père soviétique devinait sans aucune difficulté si sa fille s'était assise sur un vélo derrière le conducteur. Malheur à celles, il faut bien le dire nombreuses, dont les chaussettes amidonnées portaient des taches de graisse. Mais considérons l'une d'entrre elles, du nom de Mila, et son chevalier, Guéna. Quand Guéna vit des traces bleuâtres de ceinturon et de l'étoile à cinq branches sur le dos et sur la hanche de son amoureuse, il prit une bouteille d'un demi-litre d'Armenia, la but jusqu'à la dernière goutte et, avec une pipe en fonte rouillée, il brisa les côtes d'Artioma, le père alcoolique de Mila, ivre comme lui, mais avec encore plus de bouteilles d'Armenia au compteur. C'était un homme de petite taille doté d'un ego démesuré et d'un titre de lieutenant. Guéna lui demanda de cette même manière chevaleresque la main maculée de graisse de sa fille Mila. Artioma réfléchit longuement à la «demande en mariage» de Guéna et, pendant qu'Artioma réfléchissait, Guéna se cachait. Plus Artioma réfléchissait, plus il buvait, et plus il buvait, plus il brandissait son Makarov de service. Plus il le brandissait, plus une balle sortait du canon, et plus il recevait d'avertissements à son travail. Jusqu'au jour où on lui confisqua le pistolet, puis on lui retira son grade, lui faisant aussitôt perdre de son influence. Après deux ans de cavale, Guéna quitta Tbilissi pour retourner à Erevan. Il redemanda au père la main de sa fille, pas avec une pipe en fonte, mais avec une bague italienne en or, car il aimait Mila d'un amour passionné et ceci chaque nuit et plusieurs fois pendant la journée. Il l'aimait de toutes les façons possibles et dans des endroits insolites où l'amour est inapproprié, pas seulement pour un citoyen soviet, mais pour tout individu respectable et muni d'un passeport. Il aimait Mila au pied des statues des leaders, dans les Vaz 2106, dans les ascenseurs et dans les postes de la milice, où ils se retrouvaient souvent à cause de cet amour fou. Il l'aimait en rentrant de ces postes de la milice et il l'aimait dans la seule pièce de l'appartement de ses parents. Il l'aimait tellement fort que cet amour couvrait complètement les gémissements, les soupirs, les halètements et le bruit des ressorts des médiocres lits soviétiques. Ce jour-là, après trente ans de mariage, Guéna ne pleurait pas cet amour disparu, non! Guéna pensait à son Desna dva, tout le temps barbouillé de mazout, avec ses petites roues et son cadre pliable. Il pensait à ce Desna dva qu'il avait démonté deux fois pendant l'évasion d'Erevan. Il l'avait mis prudemment dans le coffre de sa voiture, l'avait apporté fièrement à Tbilissi, où il était devenu un cycliste confirmé pendant son premier exil. Il pédalait tellement vite dans les ruelles étroites du vieux Tbilissi que même des pros montés sur un châssis de vélo de compétition n'arrivaient pas à le dépasser sur les pistes de course. Pour se moquer jusqu'au bout de ces cyclistes de pacotille, Guéna avait un jour fixé sur son Desna dva la selle d'un Takhion et avait remporté la course officielle des cyclistes de la ville, en ayant pris beaucoup d'avance. Même s'il n'avait rien gagné, à part une disqualification à vie à des compétitions, il avait toutefois conquis le cœur de tout son quartier, de la moitié de la ville et des filles qui étaient presque aussi jolies que sa Milachka.

Pendant le deuxième exil à Tbilissi, les temps étaient si durs que les gens volaient tout dans la rue, a fortiori la selle du Takhion et le Desna dva de Guéna. Après plusieurs années, allongé devant la télé, Guéna pensait à ce jour où il avait eu l'intention de vendre son Desna dva. Il avait pensé qu'il valait mieux le vendre que de se le faire voler, mais il n'avait pas réussi à embobiner ce maudit client ni avec ses histoires légendaires ni avec la selle du Takhion; le client ne voulait pas payer plus de dix-neuf laris et Guéna ne voulait pas non plus vendre ses souvenirs d'enfance pour une somme si dérisoire. Il avait enfourché le vélo et était rentré chez lui dans le quartier de la «mer», ce lac artificiel servant de réservoir et devenu un lieu de loisir très apprécié des habitants de Tbilissi. En pénétrant dans l'un des immeubles de seize étages, il s'était bien sûr rendu compte qu'il n'y avait pas d'électricité mais, en revanche, il y avait retrouvé la puanteur de bunker de l'immeuble. Guéna avait eu la flemme de monter chez lui son vélo à la main, sans ascenseur ; non parce qu'il était paresseux, mais parce que le vélo l'aurait ralenti, et il aurait été obligé de sentir l'odeur de poubelle émanant de la bouche grande ouverte du bunker, servant de vide-ordures de l'immeuble depuis longtemps. S'il y avait bien quelque chose que Guéna ne pouvait pas supporter, si quelque chose lui rappelait cet enfer qu'il essayait d'oublier de toutes ses forces grâce à l'alcool, à l'oisiveté et à des millions d'autres subterfuges, c'était ce bunker ou plutôt cette odeur répugnante et envahissante qui lui rappelait tout en une seconde. Aussi Guéna avait-il adossé son vélo contre le mur et grimpé l'escalier quatre à quatre. À huit heures du soir, quand l'électricité était revenue dans le quartier de la mer, il était descendu au rez-de-chaussée en prenant l'ascenseur. Il n'avait retrouvé ni son Desna dva ni sa selle de Takhion. Guéna avait compris qu'en perdant son unique vélo, il avait perdu tout ce qui le reliait à son passé plutôt clément et dénué de souci. Et il avait perdu dix-huit laris. À cet instant précis, allongé devant la télé, il se rappelait tout, car les « San Antonio » étaient en train de perdre chez eux, sur leur propre terrain, contre les « Clippers ». Guéna avait perdu l'argent qu'il avait misé chez le bookmaker. Il avait perdu ses sacrés dix-huit laris, qui en soi ne représentaient pas une somme importante mais, aux yeux de Guéna, étaient suffisants pour acheter deux paquets de tabac et un demi-kilogramme de gâteaux au miel.

7 h 45

Huit kilos en trois mois, ce n'était pas un si mauvais résultat, sachant qu'en quarante-six ans d'existence, Mila ne s'était jamais entraînée ni dans la salle de gym de l'école ni dans une salle de sport. Seulement ces hanches et cette peau pendante de ses bras, pas tant que cela d'ailleurs, mais assez pour la mettre en rogne, il fallait quand même y remédier et *ne daï bog*, que Dieu m'en préserve ! Même si c'était ce qu'elle redoutait le plus, la poitrine de Mila ne s'était pas transformée en muscle et elle était restée comme autrefois, belle. Elle avait résisté à l'allaitement de deux bébés, sans compter que Lazare avait tété jusqu'à ses deux ans... Seulement à l'époque, Lazare ne s'appelait pas Lazare et Guéna n'était pas encore plongé dans la religion, même s'il était devenu l'ombre de lui-même. Mila menait une vie paisible car, malgré tout, son mari devenu une ombre lui souhaitait chaque année un joyeux anniversaire – anniversaire qui tombait d'ailleurs ce jour du 9 avril, et il était peu probable que Guéna s'en souviendrait, non pas parce qu'il était tête en l'air, ça, non ! C'était juste parce que Guéna vivait dans le déni des dates et des événements, encore plus des dates qui lui rappelaient des événements terribles. Ce n'était pourtant pas la faute de Mila si elle était née un 9 avril, et ce n'était pas la faute de Mila s'ils s'étaient mariés un 9 avril, et ce n'était pas de la faute de Mila si le général Rodionoff avait massacré, empoisonné et tué des manifestants sur l'avenue de Roustavéli. Ce n'était pas la faute de Mila si le 9 avril rappelait à Guéna le Janvier noir, où cent trente civils azéris avaient été tués. Ce n'était pas non plus la faute de Mila si, en se souvenant du Samedi noir, Guéna se rappelait le conflit du Haut-Karabakh, commencé en 1988 et toujours en cours. Ce n'était pas la faute de Mila si Guéna ne l'avait pas supporté et si Guéna s'était fracassé, si Guéna s'était perdu, si l'homme qu'elle aimait s'était retrouvé sous les décombres de l'Union soviétique. Et, plus tard, de nombreuses années plus tard, quand il avait quitté la milice, quand avec l'inflation du lari sa retraite de héros, sa prime gouvernementale avaient été dévaluées, quand ils s'étaient retrouvés sans rien pouvoir vendre ou mettre en gage, Mila avait regardé Guéna et lui avait demandé en russe :

— Tu comptes continuer longtemps comme ça ?

Elle n'avait obtenu aucune réponse. Mais elle avait dû faire face à cette nouvelle réalité et avait pris la responsabilité de prendre soin de sa famille. Aussi prit-elle sa dot – une tondeuse – et elle s'engagea comme coiffeuse dans le premier salon de coiffure venu de son quartier. Elle n'était pas douée pour couper les cheveux, mais elle était douée pour mettre en valeur sa belle poitrine qu'elle penchait sur la nuque et sous le nez des clients, pour chuchoter d'une voix faible et passionnée près de leurs oreilles. Ces chuchotements portaient sur des sujets anodins, mais plutôt aguicheurs et, puisque Mila était une femme magnifique, les clients affluèrent plus nombreux. En théorie, chaque nouvel homme échevelé aurait dû être un motif de rage pour Guéna, maladivement jaloux. Pourtant non, Guéna restait silencieux et, quand il ne l'était pas, il buvait et se rappelait son périple de Bakou-Erevan-Tbilissi et tout cet enfer et chaque cadavre jonchant la route. Mila attendait impatiemment le jour où la colère de son mari ivre exploserait en voyant ces hommes tapis près du mur, des fleurs et des chocolats dans les mains, et qu'il ferait enfin quelque chose... quelque chose ! Il les attaquerait, soit eux, soit Mila. Pourtant non, Guéna restait silencieux et, quand il ne l'était pas, il buvait, ressassant ses douleurs, chaque balle tirée à partir de 1988 ou chaque cartouche explosée. Guéna buvait et buvait tant qu'il lui restait seulement la force de marcher à quatre pattes jusqu'au canapé. Alors Mila céda, elle céda dans la bataille avec Guéna, elle n'avait jamais cédé avec quelqu'un d'autre, et ce n'est pas parce qu'elle ne le voulait pas ou qu'elle avait peur ou que son corps ne le demandait pas ou qu'elle n'avait pas une longue file d'hommes devant elle, non ! C'est simplement parce que, malgré tout, aucun parmi eux ne pourrait arriver à la cheville de Guéna, ruiné en même temps que l'Union soviétique et transformé en l'ombre de lui-même, mais Mamouka, lui...

Mamouka avait réussi tout ce que Mila avait attendu de Guéna. C'était un homme accompli et épanoui, avec toutes ses dents et son sourire, à la tête de sa propre affaire, fortuné et avec le désir de lui offrir des cadeaux. Parce que Mila en avait assez depuis longtemps de chercher un autre Guéna au travers d'autres hommes. Mila parlait et souriait d'une manière différente avec Mamouka et, en chuchotant à son oreille, elle n'évoquait plus des sujets banals mais touchait Mamouka, elle glissait sa main dans sa chevelure hirsute, l'homme se figeait et il cachait péniblement son érection dans le long peignoir noir du salon, même si Mila le remarquait. Mamouka savait que l'ambition sommeillait en Mila, que lui seul arriverait à la réveiller. Mamouka décida donc de se faire couper les cheveux deux fois par mois et décida également de gâter Mila en lui offrant des cadeaux : un abonnement dans une salle de sport, où se trouvaient de nombreuses machines de musculation, des salles de yoga et des cours de Pilates, une piscine et un sauna où, enroulé dans une serviette blanche, il apparut devant elle et dit :

— Tout ce que tu vois ici, les palettes de bois finnois, les lampes turques et même l'eau géorgienne dont la piscine est remplie, voilà, tout cela m'appartient et ce qui m'appartient encore est dix fois plus important, dont plusieurs voitures de sport et de « business class », mais arrêtons de parler de tout ce qui m'appartient, parlons plutôt de ce que j'aimerais avoir.

— Quoi donc ? demanda Mila.

— Toi, répondit Mamouka.

Puis il s'assit si près d'elle, s'approcha tellement d'elle que Mila fut bien plus embrasée par la flamme de son propre corps que par la chaleur du sauna. Mila comprenait bien depuis un bon moment que ces bouffées étaient le signe précoce du long chemin éreintant de la ménopause, mais elle ne savait pas quoi faire avec Mamouka. Elle n'avait jamais eu d'intérêt pour un autre homme que Guéna, même si son corps hurlait désormais, criait et glapissait pour pouvoir se coller contre Mamouka, s'asseoir près de lui comme elle s'était assise des années auparavant derrière Guéna sur le Desna dva. Au fil des ans, sa raison l'avait emporté, mais ses peurs maudites commencèrent à hanter Mila, sans compter un sentiment de trahison. Sauf que Mila était tout sauf une traîtresse, sauf que Guéna...

Guéna ne couchait plus avec Mila depuis l'histoire de Lazare et, même si Mila avait compris pendant les premières semaines et les premiers mois que Guéna déprimait, culpabilisait, se torturait, se peinait et n'arrivait pas à se pardonner ou à pardonner à sa femme le fait qu'à cause de leur passion, ils avaient failli perdre leur enfant, âgé d'un an, Mila avait compris que Guéna ne reviendrait plus jamais ni vers elle ni vers la vie. Alors que Mila était jolie, en toutes circonstances et même à son âge, avec ses yeux verts, inédits pour une Arménienne, et ses grandes et hautes fesses, à présent musclées grâce à la salle de sport, avec sa poitrine d'une taille et d'une forme idéales et sa peau brillante, sur cette peau, quelque part au-dessus du genou, elle sentit la main de Mamouka. Tandis que ses doigts s'avançaient doucement, intentionnellement vers son antre secret, les lèvres de Mamouka cherchèrent d'abord le cou de Mila, puis son menton et enfin ses lèvres et, à ce moment-là, ses doigts avaient déjà trouvé leur chemin. C'est ainsi, avec un seul et premier baiser, que toute son énergie sexuelle accumulée pendant dix-neuf ans explosa. Rien ne rend des hommes plus vaniteux qu'une femme se tenant devant eux, jambes tremblantes, gémissante et exprimant sa passion. Mamouka lui dit avec un sourire arrogant et un ton sérieux :

— Je vais appeler pour prendre un rendez-vous et me faire couper les cheveux dans les prochains jours.

Mamouka n'appela jamais, ni les jours suivants ni après, pas plus qu'il n'apparut à la salle de sport où Mila se rendait obstinément chaque jour et, pendant tout ce temps, elle s'évertuait à croire que tout ce qui s'était passé était de sa faute et qu'elle n'avait trahi personne. Bien au contraire, c'est elle qui avait été trahie, tout d'abord par Guéna, puis par son corps. Mila s'en était presque convaincue lorsque, une semaine après l'incident du sauna, Mamouka l'appela et lui dit :

— Désolé, je n'ai pas eu le temps de t'appeler. J'ai atterri aujourd'hui, que fais-tu demain, tu travailles ou tu es en congé le jour de ton anniversaire ?

— Je travaille.

— Qu'est-ce que tu as ? Ta voix a changé.

Mila se tut.

— Je passerai ce soir, reprit Mamouka.

— Entendu.

— Tu ne sais pas à quel point ton cadeau me fait du bien.

À ce moment-là, Zéma frappa à la porte de la salle de bains, soustrayant sa mère à ses pensées :

— Maman, dépêche-toi, sinon je vais être en retard au travail !

8 h 24

Quand Zéma sortit de la salle de bains, Guéna et Mila se hurlaient dessus pour des broutilles. Comme à son habitude, Zéma ne s'en mêla pas. Aussi loin que remontaient ses souvenirs, son père et sa mère s'étaient toujours disputés, insultés et détestés, mais ils ne se séparaient jamais, et Zéma ne savait pas s'ils restaient ensemble par amour ou par masochisme. En revanche, elle savait qu'elle risquait d'être en retard :

— Veux-tu que je te conduise au travail ? demanda-t-elle à sa mère.

Mila répondit en russe :

— La tondeuse à cheveux est tombée en panne, il va falloir la réparer.

— C'est quoi, le rapport ?

— Parce que je dois aller à Pirimzé, alors que Pirimzé est à l'autre bout de la ville, j'irai moi-même, merci ma chérie ! répondit Mila avant de crier de nouveau.

— Fieffée imbécile ! invectiva Guéna en russe.

— À qui tu parles ? lui demanda Mila.

C'est la routine matinale de Zéma – pesante, pénible et avec des cris et des hurlements, mais peu importe, elle peut tenir encore un peu, deux ou trois ans, et ensuite, elle aura assez d'argent pour fuir l'hystérie de ses parents, cet immeuble maudit et ce quartier encore plus terrible, qui lui rappelle toutes ces horribles et mauvaises choses qui ne la laissent pas en paix, même aujourd'hui. Ces bâtards de voisins lui volent ses essuie-glaces ou lui crèvent ses roues. Ils sont devenus si insolents qu'ils viennent de casser son rétroviseur droit. Mais cela n'a aucune importance, Zéma n'est pas fâchée ; bien au contraire, elle sourit, contente :

— Je vous ai chopés, bâtards ! dit-elle en russe, récupérant une minuscule caméra de surveillance, presque invisible, attachée à un tuyau rouillé devant le parking.

En accrochant cette caméra, une fierté s'était mêlée à la honte. Fierté car elle allait prendre sur le fait les coupables, et honte car elle était obligée de surveiller d'autres voisins innocents, mais comment faire autrement ? Ils ne lui avaient pas laissé d'autre choix ; tant qu'elle avait sa Nissan March avec le volant à droite, elle vivait paisiblement et tranquillement, sauf qu'ils ne l'avaient plus laissée en paix depuis sa Fiat 500 rouge. Voyez donc, elle allait arriver au travail et elle demanderait à ses amis de décrypter la vidéo. Même si le coupable était son voisin de palier, elle l'amènerait au commissariat dès le lendemain. Elle avait installé cette caméra avec l'accord du juge en respectant la loi à la lettre, article numéro 187, paragraphe 1 : « Vandaliser ou détruire le bien d'autrui, tout en causant un dégât important, est puni soit par une amende, soit par un travail d'intérêt général allant de cent heures jusqu'à cent quatre-vingts heures, voire jusqu'à un an, soit par une assignation à résidence allant de six mois jusqu'à deux ans, soit par un emprisonnement allant d'un an jusqu'à trois ans. » Non, elle ne ferait pas emprisonner le coupable, un ou deux jours en détention provisoire, et il suffirait d'une négociation de peine, il retiendrait la leçon et les autres idiots de voisins comprendraient qu'il fallait arrêter de chercher bêtement des noises à Zéma. Si on lui avait accordé le droit de porter une arme, elle se serait mise à la porter et puis on verrait les visages de ces jeunes fiers-à-bras réunis dans le hall.

— J'en ai marre de ces monstres !

L'égalité des genres, le harcèlement sexuel, de tels mots étrangers ne faisaient pas vraiment partie des préoccupations de Zéma, peut-être parce qu'elle avait appris bien trop tôt beaucoup de choses sur les femmes émancipées et avait déduit de sa propre expérience que les hommes étaient idiots, brutaux, orduriers et nuisibles – de véritables salauds. Zéma avait compris en observant ses collègues que la grande majorité des mâles géorgiens étaient de mauvais pères, de piètres maris et des fils modèles, mais seulement aux yeux de leur mère chérie et en aucun cas pour leur père vénéré et, même si 100 % de ses collègues étaient des officiers travaillant dans une petite unité de police, chacun avait sa propre psychologie, des pensées et des complexes différents. L'observation de Zéma valait aussi pour les hommes de tous les corps de métier et même ceux au chômage.

Zéma prenait avec le sourire le harcèlement sexuel, les compliments déplacés, la drague lourde et des photos de parties génitales envoyées via Messenger par ses collègues. Elle conservait les photos, mémorisait les compliments, enregistrait la drague dans le dictaphone de son portable et les classait dans des dossiers compromettants, et elle les utilisait à bon escient le moment venu. Si elle ne s'était pas distinguée dans sa petite unité de police par son rang, elle l'avait fait par sa cruauté, par son sens de l'organisation et grâce à ses dossiers compromettants. Elle effrayait et faisait chanter aussi bien des inspecteurs lambdas que les chefs d'unité et les policiers en civil qui trempaient dans quantité d'affaires sordides.

Sans compter que Zéma maîtrisait à la perfection le bureaucrate géorgien, elle était la seule dont la présence était indispensable pour rédiger une plainte, une déposition ou un témoignage. Zéma était celle qui avait introduit les phrases longues, difficiles et complexes dans le jargon policier, elle était pionnière de ce *trend*, cette tendance. Zéma était fière de cette phrase : « J'effectue la patrouille » et des rapports alambiqués comme « J'ai procédé à l'inspection de notre périmètre d'activité, plus précisément à partir du 28ᵉ kilomètre jusqu'au 102ᵉ kilomètre de la route Tbilissi-Sénaki-Lesselidzé, qui inclut le territoire à partir de la ville de Gori jusqu'au virage de la ville de Kareli où nous nous déplaçons en voiture de service, numéro d'équipage "vingt-deux, zéro, neuf" et numéro d'immatriculation "A, F, un, quatre, six, A, F...". »

Mais la force principale de Zéma, celle qui lui avait permis de passer de simple rédactrice de procès-verbaux au grade de sous-lieutenant, était sa capacité à fermer les yeux sur les infractions mineures ou majeures commises par des policiers. Elle travaillait donc les yeux *grand* fermés. Si on ne la touchait pas, elle ne touchait à personne non plus. Ainsi, quand elle demanderait à Cyber-Guiorgui de décrypter la vidéo et quand elle résoudrait le premier crime de sa vie, quand elle réussirait les épreuves physiques le mois suivant, quand elle serait promue et que son salaire augmenterait, qui sait, peut-être que sa fidélité et sa discrétion vis-à-vis du système seront véritablement reconnues à leur juste valeur. En plus, l'homme du ministère lui avait promis de lui trouver quelque chose, de la faire entrer au moins dans le service des relations publiques. C'est l'opportunité que Zéma attendait ; elle se chargerait du reste, puisqu'elle avait réussi à être promue de simple gratte-papier au grade de sous-lieutenant, il lui serait facile de se hisser du service des relations publiques jusqu'au poste de porte-parole et, ensuite, il n'y aurait plus qu'un pas jusqu'au cabinet ministériel.

9 h 30

Guéna possédait un Zenit semi-automatique avec un objectif Hélios, mais il traînait également dans sa collection un Super Takumar et un Mir 37 achetés à des contrebandiers et, puisqu'il aimait faire des expérimentations et qu'il était manuel, il avait démonté de ses propres mains le Mir 37 et remonté les lentilles à l'envers. Ses manipulations avaient permis l'obtention d'une étrange image sur laquelle tout ce qui se trouvait au centre était net et précis, alors que les bordures de l'image étaient inversées et étrangement floues. Guéna était tombé amoureux de l'objectif du Mir grâce à cet étrange et unique effet. Guéna était tombé amoureux du pouvoir de prendre Mila en photo. Il utilisait surtout des pellicules noir et blanc et il prenait des portraits de sa femme dans des forêts où, en arrière-plan, les arbres et les rochers se courbaient et s'entortillaient. Cela créait une beauté mystique à vous couper le souffle. Mais Guéna ne se contentait pas de la beauté de la nature, il cherchait quelque chose d'extraordinaire et d'original, c'est pour ça qu'il avait décroché l'une des perles de cristal du lustre « gouttes de pluie », si populaire à l'époque, et l'avait mis devant l'objectif de l'appareil photo pour obtenir le résultat escompté, une image kaléidoscopique. Guéna avait demandé à sa femme de se déshabiller et Mila, qui était habituée à faire plus que se déshabiller dans des endroits insolites à des moments inattendus, s'était dénudée sans l'ombre d'une hésitation dans le parc national de Gobustan. Grâce à cette nudité, non seulement elle avait eu des photos magnifiques, mais elle était aussi tombée enceinte de Zéma. Mila chérissait cette journée et, à présent, bien des années plus tard, Mila se souvenait de ses sensations lorsqu'elle s'était allongée sur une terre froide et craquelée ainsi que de la manière dont le plaisir lui avait fait frissonner le corps.

Mila aimait prendre des photos, elle aimait la nudité aussi et l'esthétisme de l'érotisme mais, dans ce miroir au club de gym, elle ne se serait jamais cambrée pour faire saillir ses fesses moulées dans son legging et se prendre en selfie. Elle n'aurait jamais mis une brassière, de celles qui ressemblent à un soutien-gorge en plus confortable. Elle ne se serait jamais contorsionnée dans des positions impossibles pour faire ressortir le volume de sa poitrine ; en bref, elle ne serait jamais devenue une mannequin d'Instagram, alors que, si elle avait mis ses photos avec le hashtag #MILF (*Mother I'd Like To Fuck*), elle aurait reçu des milliers de cœurs, de likes, de shares, de messages privés et commentaires, pour lesquels ses copines de fitness se déchiraient littéralement la peau.

Mila commença son entraînement par une séance de course, les tapis de course étaient installés en face des fenêtres panoramiques, donc toute la beauté de la rue de Pékin s'étalait devant elle, l'asphalte crasseux et les voitures sales, la fumée noire des bus jaunes, les gens fatigués dès le matin et une banque, encore une autre banque, une pharmacie, une boutique de prêteur sur gages, une autre boutique de prêteur sur gages, un organisme de microcrédit et un bureau de change, alignés les uns après les autres, ils donnaient envie de s'évader. Cela faisait pourtant un bon moment que Mila n'arrivait pas à acheter un nouveau portable, c'est pour cela que qu'elle n'avait pas accès à Spotify, YouTube ou même la musique qu'elle avait choisie et téléchargée illégalement. Au mieux, c'était une radio qu'elle ne pouvait écouter que d'une seule oreille. Mais peu importe, c'est son anniversaire aujourd'hui, l'anniversaire que sa famille a d'ailleurs oublié. Zéma aussi a omis de le lui souhaiter, même Lazare n'a fait aucun effort, lui qui dort toujours, mais quelle tristesse de la part de sa fille Zéma ! Puisqu'ils ont oublié son anniversaire, inutile d'envisager des cadeaux, eh bien qu'à cela ne tienne... Mila se fera un cadeau, elle achètera un portable avec un paiement en plusieurs fois. C'est juste qu'elle ne connaît absolument rien à la technologie et ces filles fitness ont toutes des iPhones. Quand Mila leur a demandé ce que cet iPhone avait de particulier, elle n'a pas reçu de réponse très explicite. C'est via #Heleneofficial qu'elle en a su davantage et il se trouve que :

— Chaque selfie dans le miroir pris par un autre portable, même s'il cadre bien la poitrine, les cuisses et les fesses, met moins en valeur et s'il est pris par un Huawei, il sera même considéré comme pas top, donc chaque mannequin d'Instagram, qu'elle le veuille ou non, doit investir une certaine somme pour son image. Il n'y a pas que le portable et la salle de gym ! C'est un budget d'aller dans les endroits *in* et d'y faire des *check-in* ! Les photos des plats ? Les maillots de bain ? Les vêtements ? Et si la garde-robe d'une mannequin d'Instagram est peu variée ? Mon Dieu ! C'est dur de publier des dizaines de photos par semaine tout en portant des vêtements différents ! Tout cela, tu ne l'obtiens pas gratuitement, en tout cas au début, mais quand trente, quarante mille hommes bavent sur ton corps bronzé et à moitié dénudé, alors là, ça va mieux, les entreprises te bombardent de publicités, te lavent, te coiffent, te mettent du rouge à lèvres, du vernis, t'envoient dans les hôtels étoilés en Kakhétie, à Kazbegui ou à Mestia, et tout ça gratuitement, pour que tu y prennes une ou deux photos sans oublier d'y faire un *check-in* et de préciser que ce sont ces hôtels qui t'y envoient et personne d'autre, et des agences de tourisme ! Les Alpes en été, Majorque en hiver ou bien l'inverse, les goûts et les couleurs, ça ne se discute pas, et ensuite parmi tes quarante mille followers, il y en aura forcément trois-quatre assez beaux et fortunés pour t'emmener à Paris pour la Saint-Valentin et t'embrasser, peut-être pas directement sous la tour Eiffel, mais dans une chambre d'hôtel qui donne sur la tour Eiffel. Voilà, tu es censée savoir ce qui suit un baiser, tu as deux enfants quand même.

— Attends... Donc cet Instagram, c'est une nouvelle manière de se marier ?

— Mais non, quel rapport ? Même mariée, je n'arrêterai pas, pendant la grossesse je ferai des *vlogs* et, quand j'aurai accouché, je posterai sur l'éducation des enfants.

— Je ne veux pas te porter la poisse, mais si vous vous séparez ?

— Oh là là, tu sais combien de vues ont les vidéos de mères célibataires ?

Comment Mila peut-elle savoir combien de vues ont les vidéos de mères célibataires ? Elle s'est assise devant l'ordinateur trois ou quatre fois, sa patronne ne la lâche plus et lui demande d'apprendre à couper les cheveux des femmes ou au moins à les coiffer, donc elle surfe sur Internet pour trouver des tutoriels depuis deux semaines, c'est facile pour ces filles d'Instagram, mais est-ce bien le cas pour Mila ? Lazare ne la laisse même pas entrer dans sa chambre sans toquer, alors ne parlons pas de l'éventualité d'utiliser son ordinateur, il est interdit d'utiliser le laptop de Zéma pour des raisons évidentes, et à son travail, ils ont toujours une machine à écrire avec un écran carré vieille d'un siècle. Mila bave, sa patronne la pousse en lui disant qu'elle s'en fiche de savoir comment et avec quels moyens, mais qu'elle doit apprendre et c'est tout ;

c'est décidé, elle va acheter cet iPhone aujourd'hui même, elle aura un problème de moins dans la vie, mais Mamouka...

Voilà Mamouka qui est entré dans la salle de sport en y apportant l'odeur de la richesse et d'un futur meilleur, alors que Mila porte un tee-shirt auréolé de transpiration, des vêtements débraillés et qu'elle est en train de faire le pont, elle voit son cavalier à l'envers. Heureusement il l'aide avec sa main, sinon elle se serait sûrement tordu le cou en tombant. Quand elle sent les doigts de Mamouka le long de son dos en sueur, des frissons de joie traversent son corps et tous ses doutes et ses questions disparaissent, tout ce qui la torture depuis une semaine. Pourtant, en voyant les cheveux bien coiffés de Mamouka, elle sent une colère et un chagrin immenses, elle se sent trahie :

— Tu t'es coupé les cheveux ? lui demande-t-elle en russe d'une voix tremblante.

— Oui, excuse-moi, j'avais des rendez-vous et je ne pouvais pas m'y rendre avec les cheveux hirsutes... Je te jure qu'il est plus facile d'acheter une voiture que de se faire couper les cheveux aux États-Unis.

— Mais tu m'avais promis de passer ce soir, dit Mila avec une telle tristesse que son cœur est sur le point de céder.

— Oui, mais je t'ai vue sur la vidéosurveillance et je n'ai pas pu résister à te donner ça immédiatement.

Mamouka désigne les caméras à Mila, ensuite il sort une longue boîte, joliment emballée, de la poche de sa veste et la lui tend :

— Joyeux anniversaire.

Ni son mari ni sa fille aînée ni son fils ne se sont souvenus de son anniversaire. Mamouka, lui, si. Il lui rappelle la chose la plus importante dans la vie – qu'elle est une femme, qu'elle a des sentiments et des besoins. Mila sent un désir incompressible de lui faire un câlin, pas ici et pas maintenant, mais dans un endroit calme et paisible, sous la tour Eiffel ou dans une chambre d'hôtel dont la fenêtre donne sur la tour Eiffel. Son désir est tellement intense qu'il transparaît dans ses yeux et dans son sourire. Mamouka aussi lui répond en souriant :

— Prépare-toi, je passe te voir ce soir.

Alors ça, Mila ne s'y attendait pas, qu'est-ce que ça voulait dire « Je passe te voir ce soir » ? Déjà il était bien mieux coiffé que Mila n'aurait réussi à le faire, donc pour quelle raison passerait-il le soir ?

— Pour dîner quelque part, enfin, c'est ton anniversaire, il faut fêter ça.

En sortant de la douche, Mila se tient avec les filles d'Instagram dans le vestiaire et la phrase de Mamouka tourne dans sa tête pour la millième fois : ils doivent dîner quelque part, ils doivent fêter, ils doivent célébrer son anniversaire, ils doivent le fêter ensemble, elle et Mamouka, ce que font les gens normaux ou plutôt des hommes riches ! Quel rapport avec l'argent ? Mila se serait contentée d'un gâteau déjà préparé ! Ou bien d'un petit cake, symboliquement avec une bougie, c'était difficile ? C'était si difficile de souhaiter un joyeux anniversaire à sa femme ? De se souvenir de son anniversaire ? De...

— Qu'est-ce qu'il t'a offert ? demande #Heleneofficial sans se rendre compte qu'elle vient d'aider Mila, dont la tête allait exploser, encore un peu et elle allait fort probablement se mettre à pleurer, mais non ! Mila ne pleurait plus, car Mila

s'était habituée à la déception et à la souffrance indicible. Autant les gens qui pleurent sont pitoyables, autant ceux qui se sont habitués à ravaler leurs larmes sont encore plus pathétiques. Mila ouvre la boîte joliment emballée.

— Attends, il t'a offert un déodorant ? Qu'est-ce que ça veut dire ? C'est un signe, que veut-il dire ? Ce bâtard mérite qu'on le lui mette là où il faut.

La modèle d'Insta, habituée à recevoir des séjours touristiques pour son anniversaire, s'indigne et elle ne remarque pas du tout que ce n'est pas un déodorant normal, c'est Impulse que Mila regarde avec un sourire large et gentil, un sourire avec lequel on regarde uniquement les objets sacrés et ardemment désirés.

10 h 45

Que Shaolin et toutes les déesses nous pardonnent, mais Lazare, alias Lazaré Wu, alias Rônin, alias l'ami de Shaolin, était un homme de rythmes et de beats, avec Fruti Lups connecté aux enceintes de sa « Radio technique » héritée de Guéna, dès ce matin avec des nouveaux vers dans la tête, en plus aujourd'hui, c'est le jour de la battle PvP (*player versus player*), il doit être en forme, il doit préparer quelques punchlines cool, mais il lui faut des fillers aussi, il colle un rythme sur un autre :

je vis comme un messie
et
la crucifixion est beaucoup mieux pour ma vie,
et
la mort pour un saint
est une règle de l'immortalité
et
la vie sur le chemin de Tao
est simplement l'excès.

Autant de « et » un peu gênants à entendre, mais il n'avait pas trop envie d'y penser. À cause de Guéna, il avait assisté des millions de fois à la messe et deux millions et demi de fois à la confession, il s'était forgé une opinion personnelle assez étrange de la religion. Comme il l'expliquait lui-même, l'Église géorgienne ne lui avait pas laissé d'autre choix, ici, tu ne peux pas être à la fois penseur et faire partie de la paroisse, le fait de réfléchir contredit le fait d'être paroissien et, inversement, être paroissien est incompatible avec le fait de penser, donc ce qu'il n'arrivait pas à trouver dans le sermon, il le prêchait lui-même. Qui plus est, cet incident d'enfance – le baptême noyé dans le bain et la réincarnation en

Lazare – faisait son effet, qu'il le voulût ou non, il portait tout le temps un certain mysticisme dans ses yeux, en ajoutant à tout ça le Wu Tang, toute la morale de Shaolin, Dao de Jing, le chemin du samouraï, un mélange de philosophie asiatique et de la manière de penser des maîtres d'échec. Sa mentalité et ses textes le distinguaient de tous les MC géorgiens, et Lazare n'avait pas le droit de perdre dans les PvP, pas seulement le droit de perdre, mais il fallait battre au premier round quiconque se dresserait sur son chemin :

Je suis le code d'Hegakure,
Et la morale de Budisho,
Je suis prêtre de moi-même,
Portant l'épitrachelion...

C'était un bon début, mais il n'avait pas trouvé de rime avec épitrachelion, à part pognon. Entre-temps, il avait reçu un message de son travail, il allait falloir rester planté devant les fast-foods asiatiques, car « Vous commandez et on vous livre » et, avant que vous passiez la commande, les kamikazes chevauchant leurs scooters sont déjà là, ils ne reconnaissent aucun Code de la route et aucune loi quand il s'agit de vous livrer votre poulet katsu et ramen épicé encore tiède et doux. Hélas, un livreur ne doit pas rechigner à rouler en sens interdit ou sur une vieille mamie traversant le passage piéton. S'il faut l'écraser, il le fera, s'il faut enfreindre le Code de la route, il le fera, donc à n'importe quel prix tu dois satisfaire le client. J'imagine que tu veux un pourboire aussi ? Hé, le livreur, n'oublie pas de sourire !

Il y a les gauchistes qui sont devenus intimement liés avec les précieuses idées socialistes dans les universités ou grâce à des livres renommés, et il y a aussi des gens comme Lazare qui ressentent le capitalisme du béton chaque jour et plusieurs fois par jour sur leur propre peau. Lazare haïssait les milliardaires, les millionnaires, le business des élites et enfin les représentants de la classe moyenne et de la classe moyenne supérieure qui lui donnaient envie de vomir. Il détestait les gens de la classe moyenne, car ils auraient en principe dû mieux comprendre les gens comme Lazare mais, pour une raison ou une autre, ils jouaient les sourdes oreilles. Voilà cette classe, dénommée *middle upper class*, comme ils aimaient bien se décrire eux-mêmes, avec leurs cheveux bien coiffés, leurs ongles soignés, leurs parfums chers, leurs villas achetées à côté de celles des millionnaires et avec la volonté insatiable de pénétrer dans les clubs de millionnaires. Il les détestait pour cela, ces tumeurs hybrides du XXIe siècle intolérantes et cruelles envers la pauvreté l'énervaient et ce qu'il détestait le plus, c'étaient les billets tendus vers lui avec une gentillesse feinte et un sourire hypocrite ainsi que la phrase « Garde la monnaie ! » La monnaie ? Merci, mais va te faire foutre. Cinq laris ce n'était pas de la monnaie ! Pour le livreur en scooter, cinq laris, c'était la somme pour laquelle lui aussi était obligé de coller un sourire hypocrite sur son visage, et cinq laris, c'était l'argent dont Guéna avait besoin ce jour-là. Il aurait préféré mourir plutôt que de les demander à son fils, mais il n'avait plus de ce maudit tabac et il restait une semaine entière avant le versement de sa pension de héros. Guéna toqua à la porte de Lazare.

— Veux-tu des œufs au plat ? lui demanda-t-il en russe.

Lazare détestait parler russe, alors que l'arménien était interdit dans la famille par décision arbitraire de Guéna, donc on ne l'avait appris ni à Lazare ni à Zéma, Zéma avait oublié même les deux mots qu'elle connaissait enfant ; en contrepartie, Guéna et Mila n'avaient pas réussi à apprendre le géorgien et, même si Guéna blâmait la Russie à cause de toutes ces guerres dans le Caucase, il continuait à parler russe et ceci provoquait l'indignation sincère de Lazare.

Par ailleurs, Guéna se sentait coupable depuis l'incident survenu dix-neuf ans auparavant et il était un père tellement modèle que c'en était embarrassant, un père « Que veux-tu manger ? » et « Mets quelque chose, tu vas attraper froid ». Imaginez comment c'était infernal pour ce type de père de demander de l'argent à son fils après avoir déjeuné. Lazare comprit que quelque chose rongeait son père de l'intérieur :

— Qu'est-ce qu'il y a ?

— Rien...

Lazare n'était plus dupe depuis longtemps avec cette réponse unilatérale, mais Guéna était têtu et personne ne pouvait l'obliger à parler s'il ne le voulait pas et, s'il voulait dire quelque chose, personne ne pouvait l'arrêter. Ils regardaient la télé, les images enregistrées du 9 avril, la chronique de la tragédie qu'on se rappelait une fois par an.

— Vous étiez déjà là, maman et toi, en 1989 ?

— En avril ?

— Oui...

— Oui, on vivait déjà à Tbilissi.

— Vous ne manifestiez pas ?

— Non.

— Pourquoi ?

— Zéma était toute petite, je ne pouvais pas laisser ta mère toute seule…

Guéna se tut pendant si longtemps que l'enfer des années 1990 se mit à défiler dans sa tête. Il réussit curieusement à relever la tête, à mettre de l'ordre dans ses pensées :

— Je ne pouvais en aucun cas me pardonner… En 1990, je suis même allé à la manifestation à Bakou…

— Attends, mais vous ne vous êtes pas enfuis de Bakou ?

— Si, mais…

— Mais alors qu'est-ce qui s'est passé ?

— Tu plaisantes ? Tu l'ignores ?

— En partie.

Guéna n'aimait pas évoquer ces souvenirs, en tout cas, à voix haute, mais Lazare ne pouvait pas ne pas le savoir.

— Ils ont tué cent trente hommes innocents.

— Les Russes ?

— Et qui d'autre alors ?

Les politiciens accomplirent leur devoir, ils apportèrent même des fleurs devant le mémorial du 9 avril et ils y allumèrent des bougies. Ils remercièrent les gens pour leur sacrifice au nom de la liberté et certains arborèrent même un air contrit. Les politiciens furent suivis par des prêtres, d'abord pour prier pour les âmes des personnes sacrifiées au nom de la liberté, puis pour mener l'office et ensuite pour rappeler encore une fois « qu'il aurait mieux valu écouter le patriarche, se déplacer vers Kashvéti et on aurait évité cette tragédie » ; ensuite, pendant quelques minutes, on égrena les statistiques implacables, comme si, cette nuit-là, ce n'étaient pas des êtres humains qui avaient été tués par des pelles d'excavation et armes chimiques, mais des chiffres, et ensuite le général Rodionov. Puis ce fut tout. La page de la tragédie du 9 avril se tournait, place alors au *Mega Talent Show*, qui n'était plus diffusé sur cette mauvaise chaîne comme auparavant, là où ils avaient failli livrer à la mort l'une des participantes, non, le show passait sur une autre chaîne pleine d'espoir. Et il avait repris avec un format renouvelé et avec les mêmes membres du jury et il avait une

surprise pour vous : voici Tsa dans le studio !!! Tsa apparaît dans le studio, assise dans un fauteuil qui roule jusqu'au centre et s'arrête, on entend de la musique anxiogène et Tsa se met debout, marche en boitant vers la chaise réservée aux invités. Les présentatrices surexcitées du show du midi griffent leurs visages et, avec le seul présentateur mâle du show du midi, s'arrachent les cheveux et merci à cette chaîne pleine d'espoir qui lui a permis de remarcher et merci à la force du rebranding et merci au sponsor principal de notre émission, cette clinique équipée de machines médicales hyper modernes, qui a réussi à faire l'impossible et à mettre Tsa debout...

Lazare finit le petit déjeuner et ramassa les assiettes pour les laver.

— Laisse donc cela, tu vas te mettre en retard.

Lazare frappa son poing deux fois contre sa poitrine, geste indiquant à son père qu'il lui pardonnait. Il était sur le point de quitter la maison quand Guéna lui demanda, honteux :

— Peux-tu me prêter cinq laris jusqu'à ce que je reçoive ma pension ?

11 h 30

La gorge puante du dragon-bunker installé dans les immeubles soviétiques, l'odeur de la nourriture avariée et de la poubelle toxique – le buffet des rats, l'âme méchante, pourrie et toxique comme la mentalité communiste qui a seulement peur du Feu Sacré. Voilà pourquoi Guéna ne mettait pas le pétrole acquis à la sueur de son front dans le fourneau Tourbo ni dans les lampes poisseuses, non ! Guéna allumait le feu de la Nuit de Feu dans le ventre du dragon, il dansait, sautait et lisait la prière zoroastre pour que des flammes s'élèvent et chassent cette odeur envahissante où se mêlaient tous les relents répugnants. La puanteur de la colère sortait à flots des seize gorges du dragon de suie et de flammes. Pendant les jours suivants, on ne pouvait pas respirer totalement librement dans l'immeuble, mais on respirait quand même.

L'Union soviétique s'était effondrée, avait chuté et avait été enterrée, et le capitalisme était arrivé avec son lot de privatisations, ainsi que la volonté d'annexer une pièce d'un mètre carré du bunker, de rénover le cellier et le débarras, et la volonté irrépressible de faire enrager les voisins. Lorsqu'un coup d'État militaire prenait fin en centre-ville, un autre éclatait dans les banlieues, étage par étage. Même si Guéna avait plus le droit que ses voisins d'agrandir son appartement d'une pièce d'un mètre carré, il ne s'était jamais mêlé à ces embrouilles, il ne pouvait même pas passer à côté du bunker, encore moins vivre près du bunker, voire le rénover. L'odeur aigre qu'il avait sentie en entrant dans cet immeuble, semblable à du feu dans ses narines, l'avait poursuivi toute sa vie. Elle s'était d'abord incrustée dans ses vêtements, ensuite dans sa chevelure, ensuite sous ses ongles et enfin sous sa peau et il n'arrivait plus à échapper à cette odeur, que ce fût avec du savon, du shampoing, de la crème ou des baumes. Il la sentait tout le temps, il la portait sur lui et l'espoir qu'en bouchant ce bunker, en le transformant en un entrepôt à compotes, marinades et bric-à-brac, cette vapeur désagréable disparaîtrait, mais il n'avait eu aucune chance, pas plus qu'avec son pari de la veille. Les gens fermaient les seize gorges du dragon, mais la puanteur ne disparaissait pas; le dragon s'était déplacé dans l'estomac de Guéna et l'odeur qu'il avait chassée de ses vêtements, de sa chevelure, de ses ongles et de sa peau sortait à présent chaque matin de son propre estomac en passant par son diaphragme. Aucun bain de bouche fait maison ou acheté chez le dentiste, aucun brossage de dents ne lui était d'une quelconque utilité. Guéna était devenu la source de la puanteur, et c'était logique! Le monde autour de lui puait. Il puait depuis toujours et, comme il essayait en allumant le feu de nettoyer le bunker, les autres héros essayaient aussi de faire en sorte que l'odeur de la décomposition de ce monde n'atteigne pas les montagnes, les prés, mais ils perdaient tous cette guerre contre la puanteur, comme Guéna. Même s'ils repeignaient des anciens immeubles soviétiques avec de jolies couleurs, s'ils mettaient trois ou quatre couches d'asphalte sur la terre truffée de morts, l'odeur de la puanteur était là. Elle régnait en maître.

Dans les endroits où les voyous du quartier restaient accroupis, où se tenaient des garages construits illégalement dans les années 1990, s'exhibaient à présent des stades de football, des toboggans de mauvaise qualité, des balançoires, des jardins en béton et les différents cadeaux généreusement distribués par la mairie avant les élections. Chaque fois que tu passais devant, ils te rappelaient que tu vivais dans un semblant de démocratie, ils te rappelaient que les voyous n'avaient pas disparu, qu'ils s'étaient juste transformés et qu'ils arrivaient à cohabiter avec le système comme auparavant, que si un voyou était malin il pactisait avec la police, qu'avant les élections le gouvernement avait toujours plus besoin de la garde des voyous avec leurs bandanas noirs que de balançoires, que la peur était plus efficace que les aides sociales, que c'étaient des gens affamés qui vivaient dans la peur, que ces gens avaient plus besoin des aides sociales que des balançoires et qu'ils recevaient donc la terreur en guise d'aide. Voici comment on bouclait la boucle de la démocratie bananière.

Guéna était assis dans le square qui avait poussé pendant les élections de l'assemblée locale, en bas de son propre immeuble, et tuait la puanteur sortant de son estomac en mangeant un gâteau au miel. Il avait seize cigarettes fourrées de tabac allemand dans son étui et il avait fièrement posé une cigarette sur son oreille. Il était sur le point de la fumer, mais son attention fut attirée par une agitation devant l'immeuble numéro 8 et il dut s'interposer entre les voyous dont on a déjà parlé : le dénommé Nougo et le docteur en oto-rhino-laryngologie Irakli :

— Je vais niquer ta mère si tu te gares encore une fois ici, lui disait Nougo.

Le visage rouge et les mains tremblantes d'Irakli trahissaient la tension que provoquaient ces insultes, mais il arrivait quand même à garder son calme.

— Ça ne te regarde pas où je me gare, pourquoi tu me cherches, tu es devenu complètement dingue ?

— Tu vas voir si je suis dingue. Si je vois encore une fois ta voiture ici, je vais t'arracher le visage, je le jure sur la tête de ma mère...

— Mais tu n'as même pas de voiture !

Guéna essayait de trouver un sens à cette embrouille, mais Nougo n'était pas connu pour être logique, ni pour ses aptitudes ou son intelligence. Par contre, il excellait dans les insultes :

— Qui te baise, toi ? Ne t'en mêle pas, lança-t-il à Guéna.

Ce conflit serait l'un des nombreux conflits lambdas d'un quartier lambda, survenu sans raison, comme beaucoup d'autres conflits qui avaient eu lieu auparavant et auraient lieu par la suite, mais près d'eux, dans une Land Cruiser se trouvait un policier habitant de l'immeuble numéro 9, un policier haut gradé, qui s'appelait Otar. Il n'avait aucune intention de s'en mêler ; au contraire, il riait l'air content de lui et, là, s'il n'évoquait pas grand-chose à 11 h 30, rappelons-nous donc de ce détail en soirée, cela pourrait nous être utile.

Zéma était née en 1989, Nougo en 1986. Si trois ans d'écart n'auraient pas changé grand-chose dans un autre pays, à une certaine époque, cela faisait une sacrée différence pour les enfants soviétiques nés vers la fin des années 1980, comme s'ils n'avaient pas grandi dans la même peur, la même douleur et le même enfer, mais dans un monde presque identique et néanmoins différent. Non, la réalité était unique et cette réalité était moche et la perception de cette laideur était autre. Si Zéma était trop petite pour faire la queue pour du pain, Nougo se battait avec sa mère et donnait des coups de poing et, quand c'était nécessaire, il pleurait à chaudes larmes pour pouvoir avancer d'une place dans la queue. Si Zéma pensait que le bruit des kalachnikovs était l'accompagnement musical de la berceuse, Nougo observait depuis sa fenêtre comment les êtres humains se massacraient sans raison particulière ou bien, pour une raison absurde, celle pour laquelle on avait tué son père à cause des pâtes d'un kilo huit cents grammes de l'aide humanitaire, des pâtes périmées et moisies, voire à cause de la monnaie et d'un manteau chaud, mais déchiré par-ci et par-là. On avait tué son père sous les yeux de Nougo. Si chaque matin, avant l'école, on coiffait Zéma et on lui tressait des dentelles de différentes couleurs dans les cheveux, Nougo, quant à lui, ramassait des métaux de différentes couleurs. Il n'était pourtant pas le seul orphelin, beaucoup d'autres pères avaient été portés disparus, mutilés ou tués pour d'absurdes motifs comme l'avait été le père de Nougo. Ces enfants aussi vagabondaient dans les anciennes usines de banlieue laissées à l'abandon et cherchaient des métaux de différentes couleurs. Certains étaient plus forts que Nougo, les autres plus faibles que lui et, alors que Zéma souriait et était amie avec tous ses camarades de classe, Nougo intimidait les faibles et suivait les forts. Quand le bon moment viendrait – à coup sûr –, il se battrait contre les forts, il se battrait de toutes ses forces et sans pitié. Si, à l'école, il donnait seulement des coups de poing, à partir du collège il s'était mis à jouer du couteau et, en troisième, il avait commencé à sortir armé. Au moment où Zéma comprit qu'elle n'avait hérité ni d'une belle poitrine ni d'une taille fine ni d'une voix douce, mais qu'en revanche, pendant ses années scolaires les plus violentes, elle avait accumulé tout le stress de la xénophobie, de la moquerie, du rejet, elle prit la décision de se jeter dans la bataille pour accéder au statut de «copine de Nougo». Cette bataille était tellement impitoyable que les filles s'empoignaient les cheveux et se cassaient le nez les unes les autres, elles se frappaient avec des sacs et se faisaient des misères, dépassant l'imagination même de Zéma. Zéma était toutefois celle qui osait le plus et, si Nougo était complètement indifférent aux gagnantes et encore plus indifférent aux perdantes de ces batailles improvisées, il ne resta pas de marbre devant Zéma, en classe de seconde, toute nue dans les toilettes de l'école. Que Zéma n'ait ni une belle poitrine ni la taille fine ni la voix douce n'avait pas d'importance. En revanche, elle était déterminée à tout faire pour attirer son attention. Si le seul moyen de trouver une place dans une société où la virginité était culte était de la perdre, Zéma ne reculerait pas face à cette opportunité, pas dans les toilettes de l'école ni ailleurs, mais dans un endroit tranquille et paisible, dans un environnement plus romantique. Elle voulait comme seule monnaie d'échange ce simple statut de «copine de Nougo» et que toute l'école sache qu'elle, «la grosse Arménienne», comme ses camarades de classe l'appelaient, avait chopé Nougo, le garçon le plus cool de toute l'école, de toutes les rues et de tous les quartiers.

Nougo n'assumait pas Zéma. Il prenait soin d'elle, la protégeait, ne laissait personne la toucher, mais il n'avait jamais reconnu à voix haute, en public, qu'il l'aimait, et c'est pour cette raison que Zéma lui donnait ce que les femmes non assumées donnent aux hommes, ça veut dire que c'était insuffisant, ce qui rendait fou Nougo. Zéma savait exactement qu'elle l'avait dans la poche, qu'elle le menait par le bout du nez. Elle le titillait et elle pensait qu'elle le connaissait comme la paume de la main et elle le connaissait comme personne ne le connaissait – le déserteur de la guerre commencée par lui-même entre «moi-méchant» et «moi-gentil», celui qui en avait marre de la cruauté, celui à qui toutes les portes, sauf celle de la cruauté, étaient fermées, celui avec des larmes aux yeux et les genoux à terre, suppliant. Elle connaissait son plus grand complexe, celui que sa mère lui avait filé en prenant le bain avec lui jusqu'à ses dix ans, et savait qu'il avait une peur hystérique des femmes. Zéma le connaissait en tant que perdant dans toutes les histoires d'amour à part la leur et elle connaissait ses douleurs et son caractère, qui était aussi instable qu'un pont rouillé connu d'elle seule. Elle avait bien compris comment y faire des allers-retours, des poiriers, des sauts de mains et tout ceci sans rendre fou Nougo. Mais Zéma ne connaissait ni la vie ni ses règles tacites, qui préconisaient que celui que tu aimes plus fort est celui qui te blesse le plus, que le plus grand danger vient de la part de celui que tu connais le mieux et à qui tu accordes le plus ta confiance, que quand le bien et le mal agitent une conscience il peut y apparaître aussi un démon transmuté qui peut avaler entièrement la personne que tu connaissais ou que tu pensais bien connaître, que tu aimais ou pensais aimer. Si ce démon te poursuit une fois, tu as des ennuis, s'il t'engloutit une fois, ça ne sera pas suffisant. Il ne te laissera en paix que le jour où il te détruira complètement, aspirera toute ton énergie et régnera, vainqueur, dans ton âme entièrement vide et volera tous les miroirs de ta voiture...

— C'est Nougo !

Sur les images vert et noir de la surveillance nocturne apparaissait un corps sans forme humaine, fondu dans l'obscurité et, à cause de la lumière ultra-rouge qui se reflétait dans les yeux du délinquant, son image en pixels avait une allure démoniaque.

— Attends, je dois d'abord bien nettoyer l'image.

— Je sais qui c'est.

Zéma avait compris dès la première seconde que c'était Nougo, à sa façon de marcher, à ses manières, ce n'était vraiment pas compliqué à deviner, elle avait subi les événements pour rien, elle avait dérangé tous ces gens, le juge, les patrons, bien d'autres encore.

— Qui est Nougo ? lui demanda Cyber-Guiorgui.

— Un gars de mon quartier, il vient de sortir, en liberté conditionnelle, ça m'énerve tellement, comment je n'ai pas pu comprendre que lui seul en était capable ?

— La conditionnelle agit en ta faveur, tu vas pouvoir le renvoyer facilement en prison.

— Je te jure que c'est bien mon intention.

13 heures

Les kamikazes en scooter, avec leurs sacs à dos carrés isothermes frappés du logo jaune ou bleu de la marque, prient pour vous à partir du lunch jusqu'aux fast-foods matinaux, à partir des fonctionnaires fatigués et bâillant jusqu'aux anges de Bassiani : je suis au service des corporations – je suis au service des Géorgiens, je suis au service de la Géorgie – je suis au service de corporations. Je vous salue depuis la jungle du capitalisme et des ghettos de béton, comment allez-vous ? L'économie va bien ? Est-elle pérenne ? Voilà qui est notre Shaolin ou le chemin du Christ et il est vrai que celui qui fait un régime avec un revenu décent est un saint et les gens socialement vulnérables n'ont pas d'autre choix que de croire au dieu de la famine. Soyons sur le chemin du pardon et faisons le signe de croix, mais pourquoi la vie des riches est *Flow* et celle de pauvres *Delivery* ?

Il existe pourtant des expertises professionnelles et génériques. Ces observations par rapport à différents objets, à des événements et à des humains sont propres à chaque profession, non ? Pour un prêtre, si monsieur X est un paroissien modèle, il est présent à toutes les messes et à tous les offices et en même temps, il est un donateur généreux. Pour une autre personne d'une autre profession, par exemple pour la nourrice de l'enfant de X ou pour la personne qui fait le ménage dans son bureau, il peut être un bâtard fini et aguerri dans le commerce des indulgences. Il peut tarder chaque mois à payer son salaire, lui crier dessus en permanence ou lui faire des blagues vulgaires. Les raisons d'être un bâtard sont innombrables, ce qui est important, c'est que chaque profession nous dévoile la même personne sous différents angles. Les proctologues ont vu différentes fesses et ils voient la différence scientifique entre elles, ils peuvent décrire différents anus avec maints termes médicaux et mots compliqués, mais ils ne pourront pas décrire les propriétés de ces anus en tant que trous du cul, en tout cas, pas avant qu'ils ne montent sur un scooter et, grâce à leur conduite extrême, en échappant à tous les embouteillages de Tbilissi, ils livreront une lunch box jusqu'au septième étage sans ascenseur sans même recevoir en échange un merci ni un pourboire. Oui, quand le même employé du même bureau te fait une commande chaque jour et te sort la même phrase à chaque fois: « Désolé, mec, je n'ai pas de cash », c'est un trou du cul et rien d'autre. Les patrons de Lazare aussi étaient des trous du cul pour ne pas avoir coupé le pont à ces *bastards* et donc ne pas avoir prévu une option pourboire dans l'application. Ce qui s'est produit, c'est que le marché libéral a transformé des employés en esclaves et la logique du « Si tu n'aimes pas ça, pars mon frère » nous a conduits jusqu'à la réalité où nous sommes, libres seulement de choisir notre forme d'esclavagisme, et c'est pour ça que Lazare qui « n'aimait pas ça » n'arrivait pas à partir. Il était assis sur son Honda Today de 2004 à la courroie fatiguée et livrait le poulet teriyaki de Vaké vers Sabourtalo. Dans deux secondes, il pouvait être amené à livrer Mtsvadi de Kakhélebi de Lilo à Didi Dighomi. Ou alors tu pouvais être comme Guéna, un homme de principes jusqu'au bout avec la logique de « Va te faire foutre », mais Guéna était un cas à part. Guéna était l'un de ces agents exemplaires de la circulation qui n'avait jamais accepté les pots-de-vin et avait vécu avec le seul salaire de la milice, qui avait travaillé pour quarante laris ou un revenu presque aussi dérisoire. Son père était exceptionnel. Guéna avait quitté le travail en héros et, en tant que héros, il recevait un salaire mensuel de la part du bureau du président, c'est vrai que cet argent, trois cents laris, n'était pas un revenu conséquent à ce moment-là dans ce pays, mais c'était beaucoup d'argent à l'époque, en 1998, et l'acte héroïque de Guéna n'avait pas de prix, mais on en parlera plus tard…

Avant cela, Lazare livrerait la dernière commande et l'heure du lunch serait terminée. Aujourd'hui, c'était une petite journée, c'était le 9 avril et plus de la moitié des services de l'État ne travaillaient pas et, même si on devait respecter par son travail laborieux les gens qui s'étaient sacrifiés pour l'Indépendance et qu'on devait essayer tous les jours de faire avancer le pays d'une quelconque façon, on ne travaille pas, on se repose en souvenir de la liberté obtenue par les autres et Lazare se reposera aussi mais jusqu'à sept heures du soir environ, ensuite les travailleurs rentreront chez eux et ceux qui n'ont ni domestique ni cuisinier ni esclave ni l'énergie pour se faire à dîner commanderont d'un simple clic. Lazare les livrera en se faufilant dans les embouteillages, en faisant la queue, en luttant avec d'autres livreurs comme lui en scooter. Il y a quelque chose d'étrange dans tout cela, quand pendant la journée tu jettes un coup d'œil dans les maisons des autres personnes, plus précisément dans leur salon, tu inventes la vie des clients et, en plus, ce n'est pas tout le monde qui est dépravé et effronté. Quelque temps auparavant, il avait croisé un bon gars, ayant la gueule de bois dès le matin, il avait commandé deux burgers pour inviter un livreur. Il l'avait invité à entrer chez lui et il se trouvait qu'il était lui aussi un amateur passionné de hip-hop et qu'il possédait des vinyles de collection et le système hi-fi grâce auquel la musique de Tang sonnait différemment avec la puissance de Shaolin dans ces enceintes. Oui, il y avait des gens comme lui et Lazare les appréciait. Il aimait également la possibilité de se lier d'amitié avec un inconnu en lui livrant deux burgers, alors qu'il avait la gueule de bois. Il trouvait bien que ces gens soient ses amis pas uniquement pendant ses heures de travail, mais aussi quand ils l'appelaient et lui demandaient :

— Alors, ça roule ?

— Je livre une escalope à la Kiev et des pommes de terre à la mexicaine à Vashlijvari.

— L'escalope à la Kiev et les pommes de terre à la mexicaine ne se marrient pas bien ensemble.

— Tu commandes et on te livre, ça ne regarde que toi, ce que tu commandes.

— D'accord, on s'en fout, aujourd'hui c'est le jour du PvP, n'oublie pas que tu m'as promis de m'y emmener.

— Tu n'as pas besoin que je t'y emmène, viens directement, ils supplient que les gens y viennent en background.

— Je ne parle pas de background, mon poto.

— Ah.

Si Lazare est un MC débutant, celui qu'on surnomme Pitta est encore dans cette phase où il n'ose pas travailler ses mimiques de rappeur et réfléchir à un nom de scène. Cette timidité ne vient pas du fait qu'il est un garçon réservé et complexé. Il n'est même plus un jeune homme, il a trente-six ans environ. Pitta a grandi dans un des quartiers les plus huppés de la ville grâce à l'argent de son père et de son grand-père, il n'a jamais rien bâti par lui-même, mais il a passé sa licence et son master en Europe et, en principe, c'est une personne très intéressante et profonde, mais Pitta préfère plutôt parler qu'agir et quand il dit qu'il va participer au PvP, ça veut dire qu'il est prêt à s'exposer aux jugements et aux blagues idiotes du type « Tu es devenu fou, mon poto, tu es trop vieux pour rapper », aux avis des amis élitistes de sa mère, professeur en philosophie, des anciens amis commerçants clandestins de son père, des camarades de son ancienne école privée, des potes du quartier et d'autres amis riches. Même s'il arrivait véritablement à se placer au-dessus de tout ça, cette peur bleue serait toujours là, celle d'être peut-être le plus fort dans son studio chez lui mais, en réalité, de devoir leur montrer ce qu'il savait faire, leur montrer qu'il était capable de tout ! À propos, sur quoi dois-tu rapper ? Qu'est-ce que tu as vu ? Qu'est-ce qui t'a blessé ? Qu'est-ce qui te trouble ? Y avait-il seulement quelque chose qui troublait Pitta ? Peut-être sa conscience. C'était parce qu'il n'avait pas travaillé pour obtenir tout ce qu'il avait et que ce qu'il avait lui suffisait pour ne plus jamais avoir à travailler.

— Tu es sûr ? demanda Lazare.

— Mais pas du tout, quand je t'ai demandé, mes fesses tremblaient de peur.

Lazare aurait voulu dire : « Tu sais ce qu'on va faire ? Je livre cette commande et je viens chez toi si tu es libre. » Il n'en eut pas le temps. Le scooter se mit à trembler, Lazare perdit le contrôle du guidon et, pour ne pas rentrer dans la voiture de devant, il fit une embardée vers la gauche, coucha le scooter et glissa sur le béton sur dix-quinze mètres jusqu'à ce que sa tête heurte de plein fouet les poubelles alignées le long du parking.

13 h 15

À la fin des années 1990 et au début des années 2000, à part la Croix-Rouge et l'ONU, l'Église évangéliste aussi nous fournissait une généreuse aide humanitaire. Les deux premières, d'accord, soutenaient le pays en décrépitude comme elles le pouvaient, mais nous ne nous sommes jamais posé la question, et aujourd'hui encore moins car c'est trop tard : pourquoi cette Église évangéliste américaine, plus précisément de paroissiennes, oui, uniquement des femmes car le programme social s'appelait « Les mères évangélistes aux mères du monde » ou quelque chose comme ça ? Que voulaient-elles ? Pourquoi se donnaient-elles tant de mal, qu'essayaient-elles de faire ? Elles nous donnaient et nous prenions. L'aide de la Croix-Rouge et de l'ONU consistait surtout en nourriture et boissons, des bandages et autres objets de première nécessité, dans le meilleur cas des conserves, alors que dans les cartons joliment emballés des évangélistes se trouvaient même des sucreries et des chewing-gums, des crayons de pastel et des cahiers de coloriages et, si tu étais chanceux, des kits de toilette. Si tu étais super chanceux, Impulse des Spice Girls. C'est le destin qui avait donné l'un d'eux à Mila. Au début des années 2000 où les hommes assis à la maison furent remplacés par les femmes sur tous les fronts et quand les hommes se mirent à détester leur vacuité et leur vanité, ils détestèrent leurs femmes et, quand les femmes qui avaient deux emplois en plus du travail domestique n'avaient plus de temps de se brosser les cheveux ou de mettre du vernis, Impulse des Spice Girls devint la seule chose grâce à laquelle les femmes comme Mila se sentaient femmes. Impulse était vraiment moderne et complètement surréaliste, un aphrodisiaque égoïste, qui ne te poussait pas à aimer quelqu'un d'autre, mais toi-même. Combien de temps pouvait durer un flacon de déodorant – un mois, deux mois ? D'accord, trois mois avec des efforts. Et ensuite ? Ensuite, l'ivresse de soi-même prenait fin et commençait la réalité dans laquelle il fallait faire la coupe « nanette » à des hommes aux cheveux sales pour pouvoir rapporter un bout de pain à la maison. Puis les mères qui parlaient anglais fondèrent une sorte d'Église évangéliste mais, en cachette pour que leurs prêtres et le patriarcat géorgien ne l'apprennent pas. Puis les femmes membres de ces deux Églises, qui avaient une double chance d'aller dans les deux paradis différents, forgeaient des machinations grâce auxquelles elles recevaient l'aide humanitaire à leur adresse privée, donc à celle de l'Église. Elles prenaient ces cartons bien emballés, elles les vendaient et n'hésitaient pas à s'enrichir grâce à la vente de leur contenu, et voici comment Impulse, saisi par des moyens peu orthodoxes, apparut sur le marché géorgien. Si tu connaissais quelqu'un qui connaissait des gens qui étaient amis de mères évangélistes, tu pouvais acheter un flacon d'Impulse à dix-douze laris, mais ces dix-douze laris représentaient beaucoup d'argent à l'époque. Guéna recevait déjà sa retraite-salaire de trois cents laris de la part du bureau du président. Aussi, Mila osa se sentir femme jusqu'à la révolution des Roses et encore l'année suivante, car étrangement les mères évangélistes américaines décidèrent que le pays s'était redressé. Elles arrêtèrent alors d'envoyer de l'aide humanitaire. Puis les mères évangélistes géorgiennes arrêtèrent de prier leur Dieu pas si correct et elles retournèrent sur le droit chemin de l'orthodoxie. Cette année-là, donc, la porte d'Impulse se referma mais, en revanche, une autre porte, celle de la cathédrale de la Sainte Trinité, s'ouvrit et si, jusque-là, la miséricorde de Dieu se courbait pour avoir sa place dans la cathédrale Sioni, à présent, elle pouvait se redresser et voler dans la cathédrale la plus grande de la Transcaucasie. Sauf que la miséricorde ne couvrait pas le fait qu'Impulse avait disparu de la vie de Mila en même temps que treize ans de sa vie, et puis Mamouka...

Mamouka mémorisait tout, tout ce que Mila murmurait à son oreille, et ensuite il utilisait ces informations de la manière la plus pertinente, au moment le plus opportun, pour son bonheur et pour la surprendre. Si un jour Milachka avait eu besoin d'Impulse pour se sentir femme, à présent son Impulse s'appelait Mamouka, et Mila savait qu'il existait une catégorie d'hommes qui faisaient tout, absolument tout pour te mettre dans leur lit. Mila ne savait pas si Mamouka était véritablement l'homme idéal qu'il prétendait être ou s'il désirait Mila dans un seul et unique but.

En quoi aurait-il été mal d'avoir envie de Mila, d'une histoire d'un soir et puis voilà tout ? Au contraire, il eût mieux valu une aventure passagère, pas peut-être, elle savait précisément ce qui était préférable. Mila n'arrivait pas à décider ce qu'elle voulait de Mamouka : devenir sa maîtresse ou se rappeler une fois, pendant une seule nuit, qu'elle était une femme, même quand l'horloge sonnerait à minuit et que le conte toucherait à sa fin, quand le carrosse se transformerait en citrouille et quand elle perdrait l'un de ses souliers elle se perdrait aussi ou peut-être que finalement elle se retrouverait ? Aime-t-elle Guéna ? Si tu te poses la question, ça veut dire que tu ne l'aimes plus, ou vice-versa ? Si c'est le contraire, dans ce cas-là, comment peux-tu aimer quelqu'un qui dort depuis presque vingt ans dans le canapé du salon ? Si tu ne l'aimes pas, tu ne peux pas le tromper, la trahison est une ombre de l'amour, et si elle l'aime ? Si elle l'aime, ça veut dire qu'elle se trahit, mais si Guéna aime Mila ? Qu'est-ce qui est plus simple, trahir Guéna ou se trahir soi-même ? Il se trouve peut-être que Mamouka veut bien plus que le goût de la trahison, il se trouve peut-être que Mamouka a envie de Mila, pas pour une simple aventure, mais chaque jour et pour toujours. Non, non, non ! Mila ne peut pas accepter des changements qui n'avaient jamais rien apporté de bon. Elle avait tellement supplié Guéna de ne pas déménager à Bakou, de rester à Erevan où ils avaient tout ce dont ils avaient besoin.

Ils vivaient grâce à l'aide de ses parents, et cela n'avait aucune importance s'ils allaient leur donner l'argent ou s'ils allaient l'envoyer. Mais non ! Guéna, borné, voulait des changements, mais il n'avait pas pensé que les changements parfois, non pas parfois mais la plupart du temps, sont négatifs et, nom d'une pipe ! comment l'Union soviétique se transformait d'une manière négative pendant ces dernières années et comment la colère et le chagrin étaient proportionnels à la diminution des produits sur les rayonnages des magasins. Si, jusque-là, la Géorgie et l'Union soviétique s'appelaient les républiques amies, elles sont vite devenues des ennemies et si, jusque-là, ils étaient des citoyens soviétiques, ils sont vite devenus des Arméniens et des Azéris et des Géorgiens et des Abkhazes et des Ossètes et comment ils ont commencé à se massacrer les uns et les autres en respectant le scénario russe écrit dans les années vingt. Au début, ils s'entre-tuaient en menant des guerres, ensuite dans les rues et si, au début, c'étaient des soldats qui tiraient, ensuite, c'étaient des citoyens ordinaires et un Azéri tuait un Arménien parce qu'il était arménien, et l'Arménien tuait l'Azéri, mais Samuel... Le pauvre Samuel, quelle cruauté...! Non, non, Milachka n'y pense pas, ces pensées ont déjà démoli Guéna et il vaut mieux penser à Impulse et à cette personne qui pourrait te redonner de l'impulsion, c'est fini ! Mets en veilleuse ton cerveau, va dans le magasin et achète un gâteau, peut-être de la liqueur aussi. Quand tu iras au travail, souris à tes collègues, plus particulièrement à ta patronne. Tu as un client dans quinze minutes, coupe-lui les cheveux vite fait et ensuite tu seras libre jusqu'à 15 heures, tu iras à la banque et tu feras un paiement différé, tu auras un nouveau portable, tu regarderas des vidéos de coupes de cheveux sur Internet, tu découvriras un peu le Web, tes revenus vont un peu augmenter, tout ira bien et tu ne regarderas plus jamais en arrière, tu ne retourneras plus jamais dans cet enfer, où Guéna est resté, dans lequel Guéna s'est abîmé, fini... Tu réfléchiras à une solution au sujet de Mamouka, tu trouveras quelque chose en réfléchissant, ou pas d'ailleurs. Au diable les pensées, suis donc ton cœur !

— Les filles !

Milachka ouvrit la porte avec son épaule, elle tenait dans une main le gâteau, dans une autre un flacon de liqueur et des gobelets jetables.

— Qu'est-ce qu'on fête ? demandèrent ses collègues en russe et, avant de recevoir une réponse, l'une découpait déjà le gâteau et l'autre versait la liqueur dans les gobelets.

— C'est mon anniversaire aujourd'hui.

— Ce n'est pas le bon moment pour faire la fête, on est le 9 avril aujourd'hui, dit la patronne de Mila.

Les changements n'apportent rien de bon. Mila avait commencé à travailler dans le salon au mois d'octobre et sa patronne, jamais contente, l'avait épuisée, en revanche elle travaillait en centre-ville, sur la rue principale et elle gagnait mieux sa vie que dans son ancien travail, donc souris, Milachka, souris !

— Cela te fait quel âge ? demandèrent ses collègues toujours en russe.

Elles se mirent à servir les parts du gâteau joliment découpées, la liqueur coulait déjà dans les gobelets et la femme de ménage préparait le café turc.

— Quarante-six ans.

— Mais non, tu plaisantes !

— Ben pourquoi ? demanda Mila, surprise.

— On pensait que tu avais trente-six, trente-huit, enfin quarante maximum ! lui répondirent les filles tout aussi étonnées.

Quand la femme de ménage servit le café, le visage de Mila s'illumina de joie, et elles trinquèrent :

— Joyeux anniversaire, entamèrent ses collègues.

Puis, comme pendant un petit ou grand repas, le silence s'installa.

— J'y étais, moi aussi, dit la patronne.

— Où ça ? demanda Mila.

— Sur l'avenue Roustavéli, le 9 avril.

Celle qui était jusque-là, aux yeux de Mila, une patronne sans émotion et sans affect se mit à pleurer silencieusement. C'est à peine si on voyait ses larmes. Les pleurs de toutes les tragédies se ressemblent beaucoup. Mila avait déjà vu des larmes identiques et silencieuses dans les yeux de Guéna. Heureusement que son portable sonna, et heureusement c'était Lazare. Mila pensa qu'il s'était souvenu de l'anniversaire de sa mère. Elle trouva ce moment idéal pour échapper aux larmes de sa patronne, sinon la tristesse et les souvenirs cauchemardesques l'auraient fait pleurer elle aussi.

— Oui, mon fils !

— Maman, tu peux me faire un virement de deux cents laris, s'il te plaît. J'ai plié mon scooter et je viens d'arriver au garage.

— Tu veux dire quoi par *plié* ? Tu as eu un accident ?

Mila cria si fort que même sa patronne, qui s'était retrouvée le 9 avril 1989 dans ses pensées, revint au temps présent.

— Je n'ai rien, je vais bien mais, si je ne répare pas mon scooter, tu sais bien que je serai dans la merde.

— Qu'est-ce qu'il s'est passé ? Explique-moi calmement.

— Je t'en supplie, maman, je n'ai pas le temps, balance deux cents laris et je te les rends quand je toucherai mon prochain salaire.

13 h 45

— Regarde-moi donc ces bâtards, je ne serais plus Koba Tchkadoua si je ne faisais pas pleurer leurs mères.

Tel était Koba Tchkadoua : il insultait les ouvriers chinois assis dans le minibus comme les businessmen chinois qui avaient tout acheté, sauf la mer de Tbilissi, grâce à des arrangements machiavéliques avec le gouvernement. Ils avaient monté un village olympique et ils avaient récupéré peu importe comment la propriété du village après l'olympiade, puis ils avaient créé une communauté si fermée que personne ne savait ce qui se passait à l'intérieur, sauf Koba.

— Ces vauriens font travailler les Géorgiens en tant que serviteurs et jardiniers. Nous sommes devenus des esclaves dans notre propre pays, dans notre propre ville, Tbilissi, mon gars !

— Au fait, la fille a été sauvée, ils l'ont montrée à la télé aujourd'hui. Elle arrive déjà à marcher seule.

— De quelle fille tu parles ?

— De celle qui avait participé au *Talent Show* il y a quelques années, celle qui était tombée de la corde ou qu'on avait aidée à tomber.

— N'importe quoi, ils ne l'ont jamais fait tomber, c'était une pétasse, une acrobate de pacotille. Je me souviens de cette histoire, j'allais à des manifestations à l'époque.

— Je ne suis pas au courant.

— Maintenant si, puisque je te le dis, d'ailleurs elle était bonne à baiser.

— Qu'est-ce que tu veux dire ?

— Que j'avais baisé ta star de télé, moi.

— Sérieusement ?

— Puisque je te le dis, c'était une pute, elle avait un faux salon de massage ou ce genre de trucs ! Faut qu'on ait tous mal au dos pour avoir des salons de massage tous les deux mètres !

— On bande aussi souvent pour avoir besoin de bordels tous les deux mètres ?

Koba rit fort, alors que Guéna pensait que, si la réalité était laide et que, si on ne l'aimait pas sans devoir l'embellir et si cet embellissement était involontairement un mensonge et si on répétait ce mensonge souvent aux autres et à soi-même, peut-être qu'on croirait enfin notre « vérité » et qu'on croirait encore plus les mensonges réitérés par les autres aussi, pas uniquement nos propres mensonges. Il se trouve que Koba, qui n'a ni éducation ni travail ni passé ni avenir, déteste de tout son cœur tout Chinois qui travaille en Géorgie et, même s'il ne travaille jamais par orgueil dans le bâtiment, il est convaincu que les Chinois lui piquent son travail, que la fille du *Talent Show* est une pute, qu'il a véritablement couché avec elle. La seule chose de vraie dans ce tissu de mensonges, c'est qu'il avait vraiment visité un salon de massage chinois. Le reste, ce sont des mensonges inventés pour embellir la réalité moche, des mensonges qui avaient été réitérés tant de fois qu'il avait fini par y croire. Koba, à la différence de Guéna, était un homme optimiste, car il croyait à quelque chose, au mensonge en l'occurrence, alors que Guéna avait perdu toute forme de croyance, qu'elle fût dans la vérité ou le mensonge. Le monde dans lequel il avait vécu reposait sur des mensonges et, quand le temps de la vérité était arrivé, la vérité n'avait rien pu apporter d'autre que la destruction, le massacre et le malheur. Si le mensonge était le mensonge pour tout le monde, malheureusement chacun avait sa vérité, mais cette vérité n'était pas universelle. Il existait des gens qui avaient cru à leurs propres mensonges et, à ce moment-là, toute la frontière entre le mensonge et la vérité s'estompait pour Guéna. Alors il avait définitivement perdu la foi. Il avait seulement appris à distinguer et à différencier la vérité du mensonge.

— Tu veux boire de la bière ?

— Je n'ai pas d'argent.

— Je t'invite.

— Ah bon et avec quoi ?

— Viens, je t'explique sur le chemin.

Koba racontait de telles choses et tellement de choses et ceci incarnait la vérité absolue pour lui mais, puisque la vérité varie selon les points de vue adoptés, pour Guéna toute cette discussion n'était que divagation. Koba disait que la terre géorgienne ne devait pas être vendue aux Iraniens et aux Irakiens, que la Turquie voulait saisir par la force peut-être pas toute l'Adjarie, mais Batoumi soigneusement construite et décorée, et que les femmes géorgiennes ne devaient pas se marier avec des étrangers, surtout avec des Noirs ou des musulmans, que les gènes géorgiens étaient uniques, qu'ils devaient être défendus et qu'il fallait aussi défendre les traditions géorgiennes, la langue géorgienne, car le Christ reviendrait et il allait sans nul doute prêcher en géorgien, «*car la langue géorgienne est enterrée jusqu'à la deuxième venue du Messie et, grâce à elle, le peuple croira au Messie. Pour que Dieu démontre toutes les autres langues par la langue géorgienne.*[1]» Guéna répondait à cette divagation par la divagation et lui demandait :

— Mais il existe des Géorgiens, par exemple avec des passeports américains. Officiellement, ils ne sont pas géorgiens, que faire avec eux, ils ne peuvent pas acheter le terrain, eux non plus ?

Koba était malin, bien rompu à l'exercice, et con aussi.

— On peut être géorgien dans l'âme et pas sur le passeport, répondit-il.

Il disait des choses comme ça, mais Guéna ne le lâchait pas :

— Et moi, je suis qui pour toi ?

— Qu'est-ce que tu veux dire ?

— Je suis un Arménien ou un Géorgien pour toi ?

Koba voulut s'éclipser et son enthousiasme disparut, ainsi que toute la platitude de ses mensonges. C'était facile de discuter et de généraliser sur les autres mais, quand il

1. Citation de Éloge et grandeur de la langue géorgienne de Jean Zosime, moine géorgien vivant au Xe siècle.

dut mesurer la géorgienité, l'essence personnelle et le droit de propriété de son propre ami, la chaîne de ses pensées se brisa et les perles de sa chaîne de pensée s'éparpillèrent partout dans chaque recoin. Heureusement que l'une d'entre elles roula jusqu'au magasin. Koba la poursuivit :

— Une bouteille de bière de deux litres, s'il vous plaît, dit-il au vendeur. La bière est un liquide qui fait réapparaître tout ce qui a disparu.

— Et des gobelets ? demanda Guéna.

— Ne buvons pas dans ce quartier, allons chez toi ou chez moi, car l'autre connard passera dans le quartier et je vais devoir boire avec lui toute la nuit, hier encore il ne m'a pas laissé rentrer chez moi avant 3 heures du matin, tu comprends ? répondit Koba.

Il parlait de Nougo quand il disait « l'autre connard » et, quand il disait « Tu comprends ? », il faisait allusion à tous les problèmes que Nougo était capable de causer, surtout après avoir bu plusieurs verres d'affilée sans reprendre son souffle. Sans compter qu'il était sous l'emprise de conneries achetées à la pharmacie et, comme l'embrouille délirante avec Irakli du matin le montrait, il était évident que Nougo était plongé dans ses délires lyriques[2] et qu'il comptait bien semer le chaos. Koba de son côté aurait voulu éviter ce chaos. S'il entendait des bruits de bagarre pendant la nuit, il fermait les fenêtres et les volets et, s'il le fallait, il bouchait même ses oreilles avec du coton et, même si son frère lui demandait de l'aide en criant, il ne sortait pas la tête de sa cachette douillette. Ce n'était pas seulement Koba qui pensait ou agissait ainsi, tout le quartier évitait Nougo à cause de son comportement et, plus les gens fermaient les yeux sur ces bagarres dans la rue, plus la rue ressemblait à la force et à l'énergie des années 1990. Si Nougo avait été incarcéré en 2007 à cause de bordjgalis tatoués sur ses épaules et à cause de sa mentalité monstrueuse, il était revenu dans le quartier en tant que martyre en 2013. Il était revenu avec des histoires de surveillants de prison qui frappaient et torturaient les prisonniers chaque jour et plusieurs fois par jour, parfois à cause de leur désobéissance et d'autres fois juste pour s'amuser: ils organisaient des répressions de mutineries pour l'exemple et certains disaient avec un clin d'œil et un coup d'œil ambigu vers un manche à balai que Nougo avait vécu un peu plus que la répression des mutineries, ensuite ces mêmes « certains » étaient retrouvés bien amochés ou pataugeant dans une mare de leur propre sang. Même si tu tortures un être humain, tu ne peux pas chasser le monstre en lui, bien au contraire, les monstres torturés sont bien plus dangereux. Nougo aussi était dangereux et armé, et il n'avait pas d'argent, mais il avait des balles et l'espoir de gagner de l'argent avec celles-ci. Pourtant les monstres agissent par instinct et impulsion. C'est facile de les choper. En plus, le vol à main armée s'était passé à la station-service et un garçon innocent, un pompiste, y avait perdu la vie. Nougo s'était retrouvé encore une fois en prison et ils comptaient bien l'y laisser pendant si longtemps que, même si les surveillants le torturaient, le crucifiaient, arrachaient chacun de ses ongles et montraient ces images à la télévision, même si les gouvernements changeaient, Nougo n'arriverait pas à sortir de prison pendant très, très, très longtemps… Il était pourtant

2. *Lyrica*. l'une des dénominations du Prégabaline, un médicament utilisé dans le traitement des douleurs neuropathiques, de l'épilepsie et du trouble anxieux généralisé. En Géorgie, il est souvent utilisé par les personnes addictes aux substances opiacées pour obtenir un effet similaire.

sorti et, à cause de cette liberté conditionnelle, les gens du quartier perdirent foi en la justice, ils préférèrent se tapir dans leurs tanières plutôt que de se battre contre le chaos.

Guéna détestait chaque odeur puissante, encore plus l'odeur de la vieillesse et des médicaments, des jambes gonflées de la mère de Koba, de la peau sèche, des cheveux mal lavés et de la puanteur de la mort qui rôde. Il avait donc proposé à Koba de monter chez lui pour s'asseoir dans les fauteuils et, quand ils se servirent le premier verre, le deuxième et le troisième, les pensées disparues de Koba réapparurent :

— Guénadjan, tu es plus géorgien que certains, donc si ça t'intéresse comment et où j'ai pu trouver l'argent, j'ai une offre à te faire, donc écoute-moi.

14 h 38

« Le 9 avril 2007 à midi et dix-huit minutes selon l'heure de Tbilissi, A.K. (victime par la suite), né en 1978, numéro personnel d'identification zéro, un, zéro, un, zéro, sept, neuf, trois, un, quatre, deux, s'adressa à Shavleg Djokhadzé, l'inspecteur de l'unité numéro 4 du département de la police de Vaké-Sabourtalo. La présence d'excoriations sur le corps de la victime a été remarquée... »

— Qu'est-ce que c'est, des excoriations ? demanda Shavleg Djokhadzé.

— Des excoriations, ce sont des griffures, répondit Zéma.

— Alors, écris « griffures » ! Pourquoi écris-tu des excoriations ou encore des excréments ?

— On a reçu l'information de la part du ministère que tous nos rapports se ressemblent et qu'il faudrait qu'on soit moins paresseux.

«... des excoriations sous les lèvres, de faibles hémorragies sur les yeux et sur les joues et une blessure au nez. Lors de l'interrogatoire, A.K. indiqua que toutes les blessures citées ci-dessus ont été causées le 8 avril entre 22 heures et 23 heures par G.G., né en 1978, dont le numéro personnel d'identification est zéro, un, zéro, un, zéro, neuf, cent trente-

cinq, sept...»

— Un, trois, cinq, sept.

— Quoi ?

Zéma ne comprit pas.

— Tu viens d'écrire «cent trente-cinq, sept», alors qu'il faut écrire «un, trois, cinq, sept».

— Je vais corriger, ne t'inquiète pas.

«... L'enfant de A.K. et de G.G., I.G., né en 2015, a été témoin de l'incident. Impossible de l'interroger à cause de son âge. En interrogeant A.K., quelques circonstances ont été relevées (la menace de mort à l'arme blanche par G.G. sur A.K. et I.G.) ; à ce stade, ces dernières ne seront pas considérées comme des faits indubitables. Cela nécessite de mener une enquête, mais nous pouvons conclure suite à la recherche préliminaire et après avoir interrogé les voisins de la victime que le citoyen G.G. commettait des violences psychologiques et physiques sur sa conjointe avec laquelle il reste pourtant marié légalement.

Sous mon autorité, moi, Shavleg Djokhadzé, l'inspecteur de l'unité numéro 4 du département de la police de

Vaké-Saburtalo du ministère de l'Intérieur de Géorgie, ai envoyé le citoyen A.K. se soumettre à une expertise dans le bureau d'examens légaux de Levan Samkharaouli. Si la culpabilité de G.G. est avérée au vu des conclusions de l'expertise, nous serons prêts à avancer dans le dossier. Avant ceci, j'ai émis une ordonnance restrictive pour protéger A.K. Cette ordonnance sera présentée au juge dans les vingt-quatre heures qui suivent pour qu'il l'examine.»

— Merci, Zemachka, tu es une fille en or, rédige-moi la déposition de la fille comme ça et ce sera tout.

— Si tu comptes aller à la cour, n'y va pas avec une tenue si peu soignée, mets une cravate au moins.

— Eh, Zemachka, si seulement je savais faire un nœud de cravate, je ne travaillerais pas dans la police.

Cette blague plus ou moins drôle fit rire toute l'unité. La pauvre A.K. se tenait debout à côté du distributeur d'eau et essayait de remplir son verre en plastique d'une main tremblante. Zéma se leva, s'approcha d'elle pour l'aider. La femme la remercia et cacha son œil au beurre noir sous une mèche de cheveux.

— L'ordonnance restrictive sera prête pour demain et, s'il ose même lever la voix, il ira directement en prison.

— Pour combien de temps ? Un an ? Deux ans ? Et quand il sortira ? Il nous tuera, lui et moi.

Zéma se tut. Elle ne savait ni quoi répondre ni quoi faire. Les victimes de violences conjugales sont obligées de passer par la tempête « moraliste » de la société et de « ce qui se passe dans la famille reste dans la famille », en plus de la tempête du mari violent. Notre père à nous, Élie, dit aussi dans son sermon complaisant que l'homme est le chef de famille mais, malheureusement, il reste silencieux sur ce que les femmes peuvent faire quand le chef de famille perd la tête et que la colère l'envahit et qu'il crie comme une bête, prend une pelle, frappe sa femme au visage, lui fait un œil au beurre noir, lui assène sans pitié des coups de poing et la traîne par les cheveux. Que doivent faire les femmes dans ce cas-là ? Que doivent-elles faire quand ni l'Église ni la société ne les défendent, quand la loi fait jurisprudence à la lenteur

d'une tortue ? Cette loi, qui n'arrive même pas à infliger une condamnation juste aux agresseurs, on ne parle même pas de la prévention. Merci à la société, merci au Parlement et merci à l'Église, grâce auxquels la majorité des femmes victimes reste silencieuse.

— Peux-tu m'aider à me maquiller ? Je donne un cours aujourd'hui et je ne peux pas me montrer ainsi devant mes étudiants...

Comme c'est paradoxal que la policière n'arrive pas attraper un coupable mais que, par contre, elle parvienne à dissimuler les preuves du crime. Elle cache à l'aide du fond de teint et du rouge à lèvres et elle se cache elle-même. Elle sculpte le silence sur son visage et le lieutenant supérieur de la police Zéma Simonian reste silencieuse, cette Zéma Simonian qui a le droit de porter et d'utiliser une arme, elle aussi, elle est silencieuse et elle enfouit l'enfer du passé dans les archives de son âme, comme le font les enquêteurs avec les affaires frappées par le délai de prescription. Si un crime peut être prescrit, en revanche, la douleur causée par ce crime perdure et reste éternellement avec Zéma.

Elle finit par détruire les preuves sur le visage d'A.K. et se détruit en même temps. A.K. la remercie, sort des toilettes et Zéma y reste. Elle y reste avec son passé et ses larmes et ses mains qui tremblent de manière hystérique. Puis elle prend avec ses mains hystériquement tremblantes son portable et écrit un message très court à l'homme du ministère qu'elle convoque à l'endroit habituel, à l'heure habituelle. Avant que cette heure n'arrive, Zéma prendra du temps pour prendre soin de son apparence. Elle puisera un soupir profond dans le passé, elle respirera l'avenir, elle se rappellera encore une fois qu'elle peut tout faire. Elle est experte en cruauté, rationnelle dans la haine et impitoyable dans la vengeance.

En primaire, Zéma se plaignait des dentelles tressées dans ses cheveux, l'année suivante des robes à franges, puis en sixième de la manucure, en cinquième du soutien-gorge, en quatrième des hauts laissant le nombril à l'air, dénommés crop tops. Et, en troisième, vu que le gouvernement versait un salaire à Guéna et que Mila travaillait aussi, ils ne roulaient pas sur l'or, mais ils avaient assez d'argent pour acheter des vêtements standards, Zéma s'habilla en jean et manteau Helly Hansen, l'un des plus chers et des plus à la mode à l'époque. En seconde arriva dans sa vie Kurt Cobain avec, par conséquent, des hauts à carreaux, des jeans déchirés et des baskets Dva Myacha. Quand elle finit l'école et commença ses études de droit, son goût vestimentaire s'affirma. Zéma se mit à porter des pantalons classiques, des chemises fermées et des vestes de tailleur. Jamais ensuite elle ne changea son style, ni les couleurs de ses vêtements – noir, blanc, gris ou bleu foncé, mais bien foncé, et seulement les vendredis – et là, en rencontrant l'homme du ministère, elle ôta tous ses vêtements, les plia et les déposa soigneusement sur la commode. Zéma enleva également la brassière de sport et la culotte blanche ordinaire parmi les plus ordinaires et, après ce strip-tease routinier, mécanique et en rien équivoque, elle plongea dans le tourbillon enchanteur de sentiments étourdissants. Un tourbillon comme celui-ci peut t'entraîner avec passion. Si tu sais nager dans les vagues du corps de l'autre, c'est que tu acceptes de t'abandonner. Le tourbillon ne t'aspirera pas. Comme les hommes jouissent en premier, que le corps de Zéma ne tressaillait pas vraiment de plaisir et que l'homme du ministère, couché sur le dos, respirait lourdement en soupirant et en gémissant, Zéma prit son visage entre ses genoux et le fit plonger au fond de l'océan, à l'origine du tsunami de plaisir.

Quand ils s'apaisèrent et que leur cœur et leur respiration revinrent au rythme habituel, Zéma ouvrit son ordinateur et montra les enregistrements vidéo à l'homme qu'elle n'arrivait à qualifier ni de « copain » ni d'« amant », à l'homme qui la suppliait de l'appeler l'un ou l'autre ou de l'épouser ou de le laisser partir – mais Zéma n'arrivait pas à le quitter ni à l'épouser ni à se séparer de lui, car elle l'aimait et ne l'assumait pas, car l'homme du ministère avait le même âge que son père. Certes, il n'était pas un ami proche de son père, mais il avait été son camarade de jeunesse et un hôte régulier de leur maison par le passé. Il y avait quelque chose de terriblement beau et irrévérencieux dans leur relation. L'homme du ministère fut très satisfait et fier de l'investigation de Zéma, il fit son éloge et sa gloire.

— En quoi as-tu besoin de mon aide, dis à ton patron qu'il appelle l'unité de ton quartier pour qu'il chope ce bâtard aujourd'hui, finit-il par dire.

— Je ne t'ai pas demandé de l'aide, je me suis juste vantée devant toi.

— Je t'aime fort et je suis fier de toi», lui dit l'homme du ministère.

Ces mots attristèrent Zéma et la mirent de mauvaise humeur, figeant son sourire. Même si c'est terrible à dire, voilà la raison de ce changement inopiné: Zéma était obsédée par l'idée que s'il n'y avait pas eu de sexe entre eux, l'homme du ministère aurait été le père dont elle avait toujours rêvé, celui qui la féliciterait, qui serait fière d'elle et complimenterait tous ses exploits, à commencer par ses notes à l'école et jusqu'à l'arrestation de ces bâtards.

15 h 08

— Il va falloir faire un premier versement.

— Pourquoi ?

— Le logiciel le demande.

— Qui donc ?

— Le logiciel.

Comment Mila aurait-elle bien pu savoir que les logiciels peuvent demander des choses, que derrière ces ultimatums se tenaient des financiers avec le même sang-froid que celui des policiers ? Et, si ces derniers croient à la force de la loi et qu'ils sont prêts à mettre en prison ou à faire un procès à tous ceux qui rompent le carême de la Constitution, à part les fonctionnaires, les amis, les proches ou la famille éloignée et, dans les cas plus rares, les familles de leur femme, les autres, donc les banquiers, disent à voix basse avec le chapelet, murmurent qu'il n'existe pas d'autre Dieu véritable que les mathématiques, que les chiffres sont ses apôtres et que les apôtres prêchent ainsi : Mila pense que l'argent qu'elle reçoit chaque mois est son salaire mais, en réalité, c'est un virement depuis le compte privé de sa patronne. Or, les virements privés ne sont pas imposables. L'argent non imposable ne peut pas être considéré comme un salaire et ils ne peuvent autoriser un paiement différé sans salaire, donc il va falloir faire un acompte.

— De combien ? demanda Mila.

— Le logiciel demande la participation minimale de dix pour cent du prix.

— Donc cent quatre-vingts laris ?

Mila était sortie de la maison avec deux cent cinquante laris. Il y avait eu le gâteau, la liqueur, deux cents laris pour la réparation du scooter de Lazare, et voilà qu'elle n'avait plus d'argent ! Même plus assez pour rentrer en taxi à la maison, alors que dire de l'acompte à verser ! Lazare lui rendrait peut-être l'argent un jour, mais peut-être aux calendes grecques. Cela veut dire que l'iPhone n'était plus dans ses priorités.

Jusqu'à quand devait-elle vivre comme ça – entretenir son pseudo-mari et son fils qui faisait semblant de travailler ?

Zéma était allée à la crèche, à l'école et à l'université. Guéna ne s'était jamais soucié de son éducation ou de ses choix, mais pour Lazare, lui... Lazare, c'était autre chose; Guéna ressentait une terrible culpabilité envers ce garçon. Il n'avait aucune idée de ce que c'était d'être un bon parent, mais il avait décidé de devenir l'exact opposé de son propre père et, quand il devait dire non, il disait oui, et il utilisait «bien sûr» à la place de oui. Lazare exploitait les faiblesses de son père et, même s'il n'avait aucune idée de ce qui l'affaiblissait, de ce qui faisait souffrir et torturait Guéna, il arrivait quand même à trouver les failles. Lazare disait «je veux» pour tout ce qu'il voyait. «Je ne veux pas» était une phrase aussi commune dans son langage que la conjonction «et» et, quand il avait dit qu'il ne voulait plus attendre pour acheter un scooter et qu'il le voulait parce que tous ses amis ou connaissances en avaient un et qu'il comptait commencer à travailler pour payer lui-même le crédit de son scooter, Guéna avait dit:

— Il faut qu'on achète un scooter à notre enfant.

Seulement cet «enfant» n'était pas le terme désigné pour Lazare, comme le pluriel de «on achète», comme le montant de l'achat du scooter dans la vie de Mila. Elle s'était étonnée elle-même: pour la première fois, elle avait catégoriquement refusé d'écouter le énième caprice de Lazare, c'est pour ça que Guéna avait contracté un crédit au taux d'intérêt le plus élevé grâce à l'aide financière de l'État ou à sa pension de héros national et avait acheté ce scooter d'un air victorieux, en soulignant qu'il avait à lui seul comblé le désir de son fils. Mais acheter, c'est une chose, en prendre soin, l'entretenir, avoir de l'argent pour l'essence, c'est une autre chose. Le fait que la banque prélevait quatre-vingts pour cent du revenu de Guéna et que son tabac et ses gâteaux au miel étaient à la charge de Mila était une troisième chose. Si Lazare avait travaillé dur pendant les premiers mois, n'avait refusé aucune commande, il avait ensuite découvert les idées gauchistes et le socialisme, l'égalité et la haine des riches, et il avait découvert qu'il n'aimait ni livrer la nourriture aux bourgeois ni leur faire une révérence. Il avait donc décidé d'accepter uniquement les commandes qu'il n'aurait pas honte d'accepter et, de manière générale, en quoi ça regardait Mila comment Lazare vivait ?

Son enfant lui a fait mal au cœur plusieurs fois mais, heureusement ou malheureusement, Mila se remet facilement des blessures, elle pardonne volontiers à Lazare, et encore plus à Guéna, car Mila se souvient de ce matin-là et de la soirée de la veille aussi, il y a des années, quand ils avaient été privés d'électricité et de gaz. L'électricité avait été coupée pour les raisons habituelles, mais le gaz avait été coupé à cause de Guéna, car il n'avait pas donné de pot-de-vin au releveur de compteur, qui avait refusé d'effacer les mètres cubes consommés. Il n'avait pas assez d'argent pour payer les arriérés. Donc, pendant que les voisins avaient leurs radiateurs bien allumés, Mila, Lazare et Zéma portaient chacun trois pulls et deux paires de chaussettes, et ils étaient obligés de se blottir près de Turbo, le radiateur au kérosène presque éteint. Les batteries de la radio étaient vides aussi. Rien ne brisait le silence de la pauvreté, à part le bruit des générateurs des voisins riches et les cris des condamnés provenant de temps en temps de la rue.

L'électricité fut remise en marche à l'aube vers 6 heures du matin. Mila alluma les radiateurs, réchauffa la maison comme elle put et sortit précipitamment Zéma de son lit pour lui laver les cheveux, qui étaient sales depuis deux semaines, avec le savon à soixante-douze pour cent puis avec le shampooing Kria-Kria. Elle l'envoya à l'école après les avoir lavés, les avoir séchés, tressés, et lui avoir donné du pain tonis puri, salé et grillé, au petit-déjeuner. Puis elle se mit à remplir le bain pour Lazare, qui ne s'appelait pas Lazare à l'époque. C'était une démarche très intelligente car, non seulement le garçon aimait beaucoup jouer dans l'eau mais, en cas de coupure, la baignoire remplie serait également utile pour la chasse d'eau. Couper l'eau était le travail le plus apprécié par le gouvernement démocratique de Géorgie après la coupure d'électricité et de gaz. C'est pour ça que Mila, très satisfaite d'elle-même, mit Lazare dans le bain chauffé par la chaudière. Elle le savonna des pieds à la tête, elle le frotta, le lava, le rinça plusieurs fois, remplit le bain avec des jouets et partit dans la cuisine pour faire la provision d'eau potable. Alors qu'elle finissait de remplir une bouteille de vingt litres et deux bouteilles de cinq litres, Guéna entra dans la maison. Cet homme qui était toujours gris, sans émotion et fatigué jusqu'à la nausée, entra avec des yeux illuminés et une immense énergie dans les poignets. Il souleva Mila et la coucha sur la table de la cuisine. Il lui enleva son pull, son tee-shirt, dégrafa son soutien-gorge, sans oublier le jogging et le collant épais filé à trois ou quatre endroits, et il l'embrassa, il l'embrassa comme il le faisait quelques années auparavant, avant de fuir Bakou, avant l'exil d'Erevan, avant de se fuir lui-même, avant la mort de Samuel. Il l'embrassa partout, beaucoup, avec passion, et il la caressa avec cette passion et lui chuchota à l'oreille qu'il l'aimait et qu'il l'aimerait toujours, comme avant, comme aujourd'hui et comme toujours, et il lui demanda pardon de ne pas pouvoir ou ne pas vouloir exprimer ce qu'il ressentait. Il sentait que tout allait changer, qu'il retrouverait ses forces, qu'il deviendrait important, que l'enfer, ce sont des choses qui deviennent la routine, et qu'il existe des enfers routiniers. L'un d'eux s'appelle la Géorgie et parfois même dans les enfers comme la Géorgie, la lumière se met à briller et son soleil aussi. Il lui dit que la veille, il avait sauvé ni plus ni moins que le Président du

pays. Il avait veillé à côté du ministre de l'Intérieur et tous les fonctionnaires de haut rang du gouvernement lui rendaient grâce, tous ensemble ou séparément ils lui promettaient des châteaux de cristal en guise de remerciement pour son comportement héroïque. Guéna promit à Mila que le temps viendrait où il comblerait tous ses désirs, il lui donnerait tout ce qu'elle méritait, il lui promit un avenir où Guéna s'accepterait et il serait donc accepté par les autres aussi, que Guéna réussirait et que Mila serait heureuse, comme ici et maintenant et pour toujours. Mila lui souriait seulement en lui répondant avec des gémissements passionnés. Ces gémissements étaient rythmés par le babillement de Lazare depuis la salle de bains. Puis, quand le gémissement se transforma en battement de cœur saccadé et en frémissement de bonheur, Guéna se mit à hurler de plaisir et Guéna hurla l'ancien hymne national de la Géorgie : « Loué soit le céleste dispensateur de bénédictions ! Gloire au paradis sur terre ! Louange à la fraternité et à l'unité ! Louange à la liberté ! Louange à notre patrie ! » La patrie qu'il avait perdue. Il était prêt à recevoir la Géorgie comme sa patrie, la Géorgie serait l'objet de son culte. Et, s'il vouait un culte à la Géorgie, alors Guéna s'éloignerait de la vérité jusqu'à la perdre et l'époque sans vérité est la routine et la routine est l'enfer et l'enfer est tout ce qui devient routine, mais Guéna hurla quand même : « Loué soit le grand et brillant but de nos vies ! Salut à la joie et l'amour ! Salut à la serviabilité et au bonheur ! Salutations à la vérité, cette lumière de l'aube ! » Guéna se vida de la gloire, des mots, des hurlements et, dans la cuisine, ne resta plus que le bruit saccadé des battements de cœur. Les amoureux épuisés de bonheur n'entendirent plus le babillement de Lazare. Puis, quand le silence suspect émanant de la salle de bains dura une éternité, Guéna se releva précipitamment, pantalon baissé, et se rua comme un fou dans la salle de bains pour aller voir son fils. Il le retrouva bleu, au seuil de la mort, les poumons remplis d'eau. Il essaya de le réanimer pendant deux, trois, quatre minutes, et il réussit à le sauver grâce à une force miraculeuse. Quand le garçon revint à la vie dans une grande et profonde respiration, Guéna retrouva sa grise mine encore plus terne qu'avant, il s'enferma à la maison et en lui-même.

« Samuel est un prénom maudit, il faut en changer », déclara-t-il en russe.

Alors il appela son fils, Lazare...

Mila se souvenait de tout cela et Mila savait exactement que, s'il n'y avait pas eu cette histoire de Lazare, Guéna aurait vraiment déplacé des montagnes, il aurait véritablement changé, Guéna aurait fait l'impossible et Guéna aurait tout réussi s'il avait eu une seule chance dans la vie. Mais... mais était arrivé ce qui était arrivé et Guéna était tel qu'il était devenu.

16 h 16

Depuis homo heidelbergensis jusqu'à homo sapiens, depuis homo sapiens jusqu'à homo sovieticus, depuis homo sovieticus jusqu'à homo commercus, depuis homo commercus jusqu'à homo voyou, depuis homo voyou jusqu'à homo zonard, depuis homo zonard jusqu'à homo rave party, l'homme n'a cessé d'évoluer, comme Pitta lui-même. Si aujourd'hui il prétendait être un chevalier Shaolin, il y eut une époque où, posté au coin de la rue d'Ateni, il recrachait des écorces de graines de tournesol. Il savait cracher avec les deux dents de devant et il savait également quand allonger les syllabes, quand hausser le ton, quand insulter sa mère et quand insulter la mère des autres. Il connaissait toutes les règles et la loi de la rue, écrites ou non. Quand la loi écrite stipulait qu'il était interdit de traîner dans la rue, quand une simple amitié avec le crime était devenue synonyme d'emprisonnement et quand la prison était devenue inévitable et dangereuse, quand des pauvres voyous et ceux habitués à suivre les règles de la rue n'arrivèrent pas ou ne voulurent pas changer leurs habitudes et quand ils continuèrent le voyage de la vie dans les prisons, les jeunes, eux, issus des familles aisées et l'élite se mirent à voyager à l'étranger.

Si certains visitaient Amsterdam pour l'amour de l'herbe, les autres voulurent aimer leur prochain en plus d'aimer l'herbe et partirent vers l'Inde sale au lieu de l'Europe propre et, ce qui arriva à homo voyou, ils l'expliquaient par le fait d'avoir trouvé le centre du monde, le passage dans le nirvana, la trance goa et nous, nous l'expliquons simplement par la transition vers un autre stade, celui d'homo zonard. Citons les nouveautés qu'ils furent obligés d'accepter et ce à quoi nos amis ne réussirent pas à s'habituer. Pour commencer, il faut mentionner qu'ils acceptèrent le monde tel qu'il était. S'ils échouèrent à l'aimer, au moins, ils ne le détestaient pas et ils acceptèrent le fait que toute personne qui te fixe dans les yeux n'est pas forcément ton ennemi et qu'il n'est pas nécessaire d'être tout le temps courbé et crispé. Parfois tu peux sourire, te détendre, aller dans les boîtes de nuit. S'il fait assez noir, tu peux même danser et on verra plus tard que la danse a joué un rôle important dans l'évolution de l'homme géorgien, comme les outils ont joué un rôle important dans l'évolution de l'homo habilis mais, avant tout cela, précisons ce que n'accepta pas l'homo zonard : il n'accepta pas la sobriété et, s'il était difficile de trouver un narcotique, même faiblement dosé, à Tbilissi, on pouvait trouver de l'alcool fort. Il était ivre la plupart du temps, imbibé de vodka, agressif en conséquence, et l'homo zonard agressif ne put accepter cette vérité qu'il n'avait pas le droit de vivre, le droit à la liberté et le droit au bonheur. S'il admettait d'une manière générale l'existence de la communauté LGBT, il ne supportait ni de les côtoyer ni de fréquenter les boîtes de nuit où les membres de cette communauté se frottaient à eux par inadvertance et il acceptait encore moins les agents de sécurité et les physionomistes qui osaient de temps en temps, pour une raison inconnue, virer des pistes de danse les gars sur le chemin de la modernité.

Parfois, ils ne les laissaient même pas entrer. Je pense que vous avez souvent entendu «À qui tu parles ?», «Ta mère», «Je vais... vos mères» et d'autres phrases prononcées sur un ton crispé et agressif. Nous avons entendu aussi que homo zonard n'avait pas réussi à oublier l'accent de la rue et était resté coincé dans une boucle pitoyable et triste dans ce spectre évolutif. Que faire ? Telle est la loi de l'évolution : seuls les plus forts survivent, accueillent l'avenir et laissent le passé et, dans ce brillant avenir on ouvrit un bel aéroport à Kopitnari et, de même que le passage de Mohamed de La Mecque à Medina fut à l'origine d'un nouveau calendrier lunaire islamique, ce petit aéroport offrit une nouvelle vie somnambulique à Tbilissi ainsi qu'un homo rave party parvenu au dernier stade de l'évolution. Les bienheureux communièrent avec Berghaim et Water Gates et avec tant de narcotiques et de poudres que le démon de la danse enfoui en chaque Géorgien se libéra et le Géorgien se mit à danser. Si la Géorgie est bien quelque chose, c'est la danse, la danse géorgienne. Mais, comme le Géorgien était enfermé dans homo sovieticus qui avait enfermé la danse dans son propre corps, si la danse était auparavant un folklore, nécessairement appris, les bienheureux comprirent que la danse n'avait pas besoin d'être apprise, mais plutôt d'être oubliée, comme s'oublier, oublier ton corps et ses limites. La danse est l'infini de la liberté donc la liberté infinie à présent et pour toujours et à jamais et, tout ça, le premier homo rave party dans l'histoire de la Géorgie, le citoyen Pitta, saoul au dernier degré, à Berlin, sur de la musique techno et sans le faire exprès, qui avait véritablement tout compris, laissa son corps suivre le rythme de la musique. Il ne comprit pas lui-même comment il était passé des balancements balourds de son corps à des mouvements traditionnels de danse géorgienne, comment il sautait sur ses genoux et décrivait un cercle sur la piste de danse comme Tsangala, comment ce cercle s'agrandissait petit à petit autour de lui et, en conséquence, le nombre de spectateurs. Puis une fille parmi ces spectateurs participa soudain à sa performance et à la vie de Pitta aussi. Elle passa joliment sur la pointe des pieds à côté de lui et elle passa d'une manière simple de la danse à l'extase, de l'extase à la danse géorgienne, de la danse géorgienne aux toilettes sales et au sexe encore plus sale et ensuite de nouveau à l'extase et encore à la danse et au bonheur colossal. On aurait cru que toutes les Moires avaient ainsi planifié le destin de Pitta. On aurait cru qu'elles savaient exactement que son corps allait s'éteindre là-bas, à ce moment précis, à cause de la surdose de narcotiques et de la combinaison peu compatible avec l'alcool, et qu'après la mort de quelques jours, après la renaissance de son ancien « moi », un nouvel humain allait renaître avec comme seul désir de regarder encore une fois cette fille dans les yeux et de pouvoir lui demander au moins son nom et son prénom. Mais la fille, elle, ne faisait pas de nuits blanches au chevet de Pitta dans le coma, elle ne faisait pas non plus des allers-retours dans le couloir du service des soins intensifs, elle ne l'attendait pas non plus près de la clinique, elle ne se trouvait plus à Berlin. Sa trace s'est perdue en Allemagne. La fille disparut de la vie de Pitta, laissant place à un vide absolu.

Jusqu'au moment où Pitta découvrit *Ableton Live*. Il prit conscience que danser à la mode géorgienne sur la musique techno dans les boîtes de nuit était plus qu'une histoire d'amour presque retrouvée et aussitôt perdue. Puis il avait découvert que tout ce qu'il avait fait avant, son ancienne façon de vivre, devait trouver son aboutissement à cet instant précis et, après un travail conséquent, des efforts, des millions d'échecs et de petites victoires, un an plus tard, il finit par écrire des compositions de toutes les danses traditionnelles depuis Khanjluri jusqu'à Samaïa, aux sons familiers mais à la sonorité complètement différente, le tout mélangé à de la techno. Quand il écouta, il fut sûr d'avoir créé quelque chose d'unique. Il prit son ordinateur portable, le brisa sur ses genoux et le jeta dans la Spree, là où il y avait la place pour l'art véritable, au fin fond de la rivière.

Le fond dura plus longtemps que le vide dans la vie de Pitta. Ajoutez à ceci le retour dans son pays et la prise de conscience que l'âme géorgienne était libre partout sauf dans la mère patrie. Même s'il passait ses vendredis, ses samedis et même ses dimanches à danser, en extase, dans les boîtes de nuit, quelque chose l'entravait, le gênait. *Comme moi*, écrivait Omar Khayyam, *cette jarre fut un amant triste/Accroché à sa belle par un cheveu./Le col de l'anse que tu vois/Fut une main entourant le cou d'une amante*. Il s'inquiétait et cherchait et, plus il cherchait, plus il perdait l'espoir et, finalement, il ne parvint pas à trouver sa bien-aimée. En revanche, il trouva l'épée du Wu Tang et toute la doctrine de Shaolin et la volonté de recommencer à composer de la musique et en plus à chanter, prononcer l'imprononçable. Tout ce long récit pour mieux comprendre la biographie et la métamorphose de Pitta, puis comprendre ce qui se cachait derrière son phrasé et ses démarches :

— Je sais comment trouver ces bâtards.

Avant tout, disons que quand il parlait de « bâtards », il parlait des voleurs du scooter de Lazare, réparé à grand-peine. Quand il disait « trouver », il pensait à impliquer les anciens voyous, car Zéma avait répondu en rigolant à l'appel et à la tristesse de Lazare :

— Ce sont des enfants qui te l'ont volé. Ils ne les arrêteront sans doute pas et ils ne te rendront pas ton scooter, ça ne sert à rien de faire une déclaration de vol. On a cinq scooters devant notre poste de police, mais les propriétaires n'arrivent pas à prouver qu'ils sont à eux, alors qu'on sait bien qu'ils leur appartiennent, mais on ne peut pas leur rendre.

— Pourquoi donc ?

— As-tu entendu parler de la bureaucratie ? Je comprends que tu sois agacé mais, crois-moi, ça ne sert à rien d'aller à la police, tu perdras ton temps et tu gâcheras les statistiques de l'enquêteur aussi.

— Quelles statistiques ?

Lazare refusait de croire que c'était une policière qui lui conseillait de ne pas s'adresser à la police et ce qui rendait cette histoire encore plus incroyable, c'était le fait que cette policière fût sa propre sœur...

— Les statistiques des affaires élucidées ou non élucidées ! Crois-moi, ce qu'un enquêteur déteste le plus, ce sont les affaires non élucidées, il te bousculera et te mettra une telle pression qu'au lieu d'écrire une déclaration, tu te mettras à t'excuser de lui avoir fait perd...

Lazare avait raccroché, il frappait encore sa tête dans ses mains quand Pitta s'était mis à appeler des connaissances utiles : ce n'était pas drôle qu'on ait volé le scooter de Lazare garé dans... son quartier devant... son immeuble et il devait se dépêcher ! Le PvP commençait bientôt et il ne pouvait pas laisser partir Lazare, si triste et démotivé, se battre avec ses rimes.

17 h 58

Ils s'étaient rencontrés en 1986, pendant le premier exil de Guéna ; l'homme du ministère avait alors quatorze ans, il était connu dans le quartier en tant que Premier de la classe avec sa mallette sous le bras et, conformément aux règles non écrites, il portait bien sûr des lunettes. Il répondait aux questions des voleurs d'élites par des citations de livres. Il n'était pas fait pour cette époque où il aurait fallu être rude, oppresseur. Il était donc devenu une proie facile et un bouc émissaire idéal, mais il avait voulu continuer à vivre ainsi. Sa vie aurait été de plus en plus difficile avec l'âge, avec la disparition des produits alimentaires et des cervelas dans les supermarchés, avec l'apparition des gens armés dans la rue, si Guéna n'avait pas été là. Guéna était un mâle Alpha et d'une âme pure. Il avait les muscles de Pyotr Zayev et l'intelligence de Boris Spassky, il était de ce calibre et avait cette volonté de celui qui connaissait bien la vie. Il y avait quelque chose dans ce garçon à lunettes que Guéna avait apprécié. Peut-être qu'il avait aimé son monde sincère des livres qui n'avait pas pu être sali par la rue et par la réalité et, quand le chagrin et les bâillements d'ennui envahissaient Guéna, il laissait ses camarades agités du quartier et allait lui rendre visite. Le garçon à lunettes l'accueillait avec des friandises achetées à l'aide de coupons avec Walter Scott et Mayne Reid. Ce garçon lisait à voix haute pour Guéna et en y mettant le ton, car Guéna savait très mal lire le russe et pas du tout le géorgien. Par contre, il savait écouter attentivement et poser des questions intéressantes. Les réponses de son hôte étaient tout aussi intéressantes, ce qui avait scellé leur belle amitié, même quand Guéna était retourné en Arménie, même pendant l'exil de Bakou-Tbilissi-Erevan. Pendant cette période terriblement difficile, s'ils ne s'étaient pas appelés, ils se seraient sûrement perdus de vue. Guéna se serait égaré dans le Tbilissi des années 1990 où les gens n'utilisaient plus des canifs mais plutôt des kalachnikovs. La tempête des péchés s'abattait dans les rues obscures et l'ami de jeunesse de Guéna arrivait à résister à toute cette dépravation avec un fusil et grâce à son amitié avec les gens utiles, grâce à ses conversations intelligentes avec le chef de l'organisation militaire Mkhedrioni, notamment à propos de dramaturgie. Malgré le fait qu'il portait un uniforme de Mkhedrioni, il n'était pas habité par son idéologie et la cupidité indomptable, il n'était pas bête, bien au contraire, son cerveau n'avait jamais aussi bien fonctionné, l'instinct de survie et les peurs primitives l'obligeaient à se tenir du côté des puissants, même si ce conformisme le faisait culpabiliser, il était plutôt heureux. Il était le seul de son entourage à connaître la signification de ce mot et il connaissait la signification de beaucoup de pensées, qu'il partageait à voix haute avec Guéna. Il lui montrait des livres d'Umberto Eco, le promenait dans les cimetières de

Prague, il se rappelait les citations de Samuel Johnson, que «le patriotisme est l'ultime refuge d'un gredin» et que ceux qui n'ont aucune morale agitent le drapeau, que la nationalité est la seule richesse des dépourvus, et il lui disait que ça ne pourrait pas toujours continuer ainsi. Cette guerre n'appellerait pas toujours la guerre civile car ce n'étaient pas des civils qui se battaient dans cette guerre, mais des subdivisions du KGB entre elles et, s'ils allaient porter le chapeau, la Russie se sortirait propre de cette flaque sale, comme elle

l'avait toujours fait depuis deux siècles. Pendant ce temps, seul un homme avait compris que la vérité était au-dessus de la patrie, que la Géorgie ne devait pas faire l'objet d'un culte. Mais que faire si, alors que la Bible stipulait «Au commencement était la parole», à présent le «Au commencement était la balle» prévalait. Une balle accompagnée d'un rire soulignant que les mots et les pensées ont perdu leur signification. Peu importe que la patrie soit l'union de plusieurs individus et qu'elle ne soit pas constituée seulement de la terre, l'eau, l'air et le feu, même si le caractère des individus est parfois forgé aussi par le climat et le paysage. Ces quatre éléments existent partout dans le monde. Le cinquième élément s'appelle un Géorgien ou un Arménien. Il réfléchit, agit et crée la notion de patrie dès son premier jour d'existence. Cette notion s'est effacée avec l'Union soviétique au moment de l'abolition des frontières et, si un être humain perd son identité, il perdra sa patrie et celui qui préserve sa personnalité ouvre les yeux, voit que le monde autour de lui est aveugle et que cette cécité ne peut pas être sa patrie. Il ne pourrait pas être au-dessus de la vérité. Si tu veux récupérer ta patrie, il faut regarder l'obscurité en face car seule l'obscurité fait naître l'idée. C'est cette idée qui est capable de nous forcer à réfléchir et, si tu réfléchis, cela veut dire que tu comprends que c'est masochiste d'aimer ta patrie de cette manière et rien d'autre. C'était du masochisme de la part de Guéna d'y rester, et le personnel de l'accueil fut étonné en regardant sa carte d'identité :

— Attends, il est Arménien, qu'est-ce qu'il va faire dans le parti conservateur de la Marche ?

Koba se posta devant celui qui était le plus agité et lui lança :

— Quelle est sa nationalité ? Où a été délivrée sa carte d'identité ?

— Géorgienne, la maison de justice, répondit-il aux deux questions.

— Alors, s'il est géorgien, comment peut-il être arménien ? demanda Koba.

— Il a un nom arménien.

— Il est plus géorgien que toi.

L'ami de Guéna lâcha une insulte et lui fit rejoindre la réunion, qui était dirigée par quelqu'un de très gros et très moustachu, un ersatz de rottweiler qui parlait d'un air stupide, mais il semblait sûr de sa propre bêtise.

— On doit massacrer des Iraniens comme Marwan Ibn Muhammad nous a massacrés.

Guéna pensait que Marwan Ibn Muhammad était arabe. Quel était le rapport avec les Iraniens ?

— Les prochains seront des Arabes, renchérit le gros con.

Il clarifia ainsi les doutes de Guéna. Il méritait les nombreux applaudissements des camarades de bataillon de comptoir et il enchaîna des phrases patriotiques et lourdes en même temps que les toasts. Guéna eut encore plus de doutes sur le fait que les Géorgiens avaient appris à table l'histoire déformée de la Géorgie et, par des rumeurs, l'histoire des années 1990. Dans la rumeur, on dit tout ce qui est avantageux pour soi et on esquive la vérité et il est vrai qu'il n'y avait rien de géorgien dans la Marche géorgienne et, en conséquence, elle n'était pas nécessaire. S'il n'y avait pas eu de bières et un besoin démesuré de reconnaissance, Guéna se serait retrouvé assis dans le bureau du bookmaker à remplir un ticket de pari sur le basket, mais il était assis là, il y restait assis, et il écoutait, il écoutait et il endurait le verbiage du chef et de ses lèche-bottes. Guéna désirait de tout son cœur savoir si ces gens croyaient vraiment à ce qu'ils disaient ou s'ils jouaient tous ensemble et s'étaient mis d'accord pour être idiots. Ils étaient tellement bêtes qu'ils ne comprenaient pas qu'ils étaient les héros d'une pièce de théâtre datant de plusieurs siècles en Russie et rebattue des millions de fois. Il pouvait comprendre la stupidité des gens de son âge, comprendre leurs sentiments prosoviétiques, comprendre que ce qui leur manquait de l'Union soviétique était l'argent gratuit, l'insouciance, et non l'Union soviétique en tant que telle, mais il ne pouvait pas comprendre ces jeunes qui eux n'avaient jamais connu l'Union soviétique.

— Si vous me permettez, messieurs, moi aussi je vais dire quelque chose. D'accord pour les Iraniens, les Irakiens et les Arabes. Mais nous sommes là, moi et mes amis de

Temka, pendant que, là-bas, à la mer de Tbilissi, les Chinois érigent des immeubles et ils n'embauchent même pas d'ouvriers géorgiens. Ils ont des quartiers si fermés qu'on dirait un ghetto. Le gouvernement s'en fiche, mais il faut qu'on hausse le ton. Jusqu'à quand pourront-ils profiter de nos terres ? C'est la mer de Tbilissi ou celle de Pékin ?

Cette blague, pas vraiment drôle, fut suivie par des rires et des éclats de voix et le chef de la réunion ricana sans bouder son malin plaisir. Il eut du mal à reprendre son souffle, puis il réprima les larmes de ses yeux embués, fit une pause de deux secondes et dit :

— Mon Koba, c'est vrai ce que tu dis, mais tu sais...

Guéna savait que tous les mots prononcés jusqu'au « mais » étaient destinés à l'oubli et à la perte mais, en aucun cas, il n'aurait pu penser que, dans un pays avec des élites, le nationalisme et le fascisme pourraient en faire partie.

— Allons d'abord nous débarrasser de ces maudits Chinois dans le centre-ville et à Plekhanovi et, ensuite, on fera le ménage dans les banlieues, nous avons besoin d'agir en ce moment et, mon frère, quel journaliste viendra nous voir à Temka ? dit alors le chef.

Ce n'était pas un argument probant pour Koba, constamment irrité par les Chinois et par leur nation de milliards d'habitants. Il n'arrivait pas à se satisfaire de l'Iran et de ses quatre-vingt-un millions d'âmes, mais la parole du chef, ainsi que l'accord unanime des subalternes réunis autour de la table pour attaquer l'ennemi dans le centre-ville, fit quand même son effet. Sans compter que le chef lui fit une proposition généreuse :

— Allons manger des khinkalis. Quand on sera bourrés peut-être qu'on en croisera un ou deux et on les frappera sans faire exprès, ha ha ha !

— Hé hé hé !

Tout le monde rit de plus belle.

— Je vais rentrer, je ne suis pas d'humeur à manger des khinkalis et je n'ai pas l'argent, dit Guéna à Koba.

— Quel argent ? Tu es fou ou quoi ? Nous avons des sponsors et des patrons.

— Alors, cherche bien si ces patrons ne se trouvent pas en Russie à tout hasard.

— C'est quoi le rapport avec la Russie ?

— Eh, mon Koba, dit Guéna.

Puis il s'éloigna de la réunion de la Marche. Plus il s'en éloignait, plus il sentait la puanteur émanant de son estomac, celle qui ne pardonnerait pas tes sales actions, qui te rappellerait qui tu es et ces saloperies, Guéna les avait suffisamment vues pour aujourd'hui.

18 h 18

Mille deux cent cinquante laris, voici le salaire moyen d'un employé lambda de la police et des fonctionnaires. D'accord, il y a des primes pour les affaires élucidées, parfois un treizième mois et, dans le meilleur des cas, des bonus, plutôt rarissimes. Ces pauvres hauts fonctionnaires sont obligés de s'attribuer des bonus eux-mêmes pour ne pas avoir à rendre l'argent du budget à l'État. Ils signent donc les documents qui déclarent qu'ils sont épuisés, qu'ils sont prêts à travailler cent fois plus pour leur patrie mais seulement si l'État reconnaît leur travail. Alors l'État se montre ostensiblement reconnaissant et il estime à leur juste valeur leur travail, mais ce n'est jamais le cas pour les employés comme Zéma, à qui l'État offre une assurance particulière et d'autres avantages inutiles comme un abonnement gratuit aux transports en commun et d'autres stupidités du même acabit.

Mille deux cent cinquante laris, amputés de deux cent cinquante laris sonnants et trébuchants pour rembourser le prêt de la voiture. Que faire dans le Tbilissi d'aujourd'hui ? Tu dois avoir une voiture si tu veux montrer ton statut d'employé modèle. Dès que tu as le feu vert de la banque pour le prêt, tu dois acheter une voiture et tu dois te faufiler dans les embouteillages interminables et infernaux aux heures de pointe, ce que Zéma avait fait. Et si la majeure partie des propriétaires de voitures erraient sans but et polluaient l'air de Tbilissi déjà saturé de plomb, Zéma avait besoin d'une voiture, pas seulement à cause de son statut de salariée, mais à cause de la logistique des transports en commun. Car elle ne pouvait emprunter aucune ligne et perdre son temps, d'abord en prenant le minibus dans le quartier de la mer jusqu'au métro de Sarajishvili, puis en prenant le métro et le bus jusqu'au travail, ou en prenant le taxi pour faire un aller-retour. Payer quinze laris tous les jours multiplié par trente ferait plus que la somme du prêt de la voiture et du prix de l'essence. Aussi, pour Zéma, acheter une voiture était un bon investissement. Il lui restait mille laris et elle mettait à peu près trois cents laris pour les besoins de la famille afin de payer les charges, Internet et au moins la moitié de ce qui lui restait de son salaire allait sans exception sur son livret d'épargne. Voici ce qui s'était passé dès le premier salaire de son premier travail et ceci allait continuer jusqu'à ce qu'elle finisse de rembourser le prêt de la voiture et elle allait avoir un apport pour contracter un autre prêt mais, cette fois-ci, pour acheter un appartement de deux pièces dans le centre-ville dans un immeuble récent. Il ne lui restait pas beaucoup de temps à attendre,

elle allait bientôt être promue sous-lieutenant. Son salaire serait augmenté, elle épargnerait davantage et se rapprocherait à grands pas de son but, car Zéma était déterminée depuis l'enfance. Grâce à sa mère Mila, elle avait appris en même temps que l'alphabet une vérité : dans la vie, l'argent est aussi important que le bonheur et, si on ne peut pas acheter le bonheur avec de l'argent, en revanche, on peut acheter des objets qui nous rendront heureux, et il n'existe pas un si grand écart entre le bonheur et le confort matériel qui se ressemblent comme deux gouttes d'eau. Même s'il existe des pauvres heureux et des riches malheureux, rien n'obligeait Zéma à suivre ce chemin. Zéma pouvait être heureuse ou malheureuse, comme n'importe qui. En général, quand on parle de moyenne, tout dépend de la vision du monde qu'on en a. Zéma ne pouvait pas se permettre d'être pessimiste, donc le bonheur, c'était un niveau de vie acceptable, et le malheur serait uniquement la chute et la destruction. Mais ce n'était pas le destin de Zéma, car peut-être que la nature ne lui avait pas donné un joli corps, en revanche, elle l'avait rendue lucide. S'il existe des gens qui ont ces deux dispositions, ils n'ont pas forcément la volonté de se battre, ce qu'ils peuvent recevoir facilement peut être facilement perdu, alors que tout ce que Zéma recevait, elle le prenait avec ses dents saines et elle le protégeait comme l'avait fait Mila pendant toute sa vie. Mila espérait qu'un jour Zéma reconnaîtrait son rôle de mère. Zéma lui était reconnaissante et elle protégeait sa mère en ne lui disant pas qu'elle était amoureuse d'un homme plus âgé. Quand cet homme du ministère lui offrait des parfums chers et d'autres produits de soin, Zéma les faisait passer pour des échantillons gratuits et, pour dissimuler ses mensonges et ses parfums, elle achetait des boîtes blanches sans étiquette. Sans le savoir, Mila se parfumait chaque jour avec des parfums très chers, selon son humeur et son état d'esprit, car l'homme du ministère choisissait ces cadeaux sur ce seul critère et non en fonction du goût de Zéma. Mila s'étonnait que les parfums dans les boîtes blanches s'évaporent avant le soir, alors que les eaux de toilette de Zéma duraient vingt-quatre heures ou plus. Dans ce trafic d'échantillons, les compagnies de parfum fournissent des parfums de test dans les boîtes sans étiquette pour pouvoir les distribuer dans les magasins de différents pays et ces parfums se retrouvent dans des circonstances douteuses entre les mains de revendeurs tout aussi douteux. Ces derniers profitent de ce malentendu douteux et vendent à l'unité ces produits qui concurrencent ceux du marché. En réalité, c'est un mensonge sur lequel le vendeur et l'acheteur ferment les yeux. Si le vendeur emballe la réplique d'un original avec le faux parfum en nouant la jolie ficelle de l'escroquerie, en contrepartie, l'acheteur paie deux fois le prix du marché, mais cinq fois moins cher toutefois que l'original et il ne paie pas pour la qualité, mais pour le plaisir de l'histoire, car il est plus facile d'avouer acheter sans être dupe un faux parfum qu'acheter un parfum au bazar du coin. Il faut mentir avec entrain et c'est ce même entrain que l'on retrouve dans la voix de Zéma qui parle au téléphone avec sa mère. Elle écoute avec un intérêt feint les histoires racontées par un escroc ordinaire sur « la formule de jeunesse », le vibromasseur pour le visage, les crèmes, les

infusions, les fonds de teint avec effet brillant, les crèmes à la consistance ultralégère et l'effet satiné, les produits avec le filtre FP15 pour se protéger des UV, que Mila avait testés sur elle et, quand elle se regarde dans le miroir, elle se croit rajeunie de dix ans. Mais ce n'est pas tout, quand elle achètera « la formule pour la jeunesse garantie », elle recevra en bonus deux entrées par mois dans le bureau principal de l'entreprise au centre-ville, où elle sera accueillie avec un thé ou un café, champagne et liqueur, les ragots de tout Tbilissi et le protocole de nettoyage du visage. Ils commenceront par ouvrir les pores du visage, continueront par le nettoyage et le traitement antiseptique, la darsonvalisation et ensuite mettront un masque apaisant anti-inflammatoire et anti-rougeurs. Ils fermeront les pores, appliqueront des crèmes apaisantes qui sont faites à base de lin, de riz et de son de blé, enrichies en vitamines A, B et E. En plus « la formule de la jeunesse garantie » lui proposera également le paiement étalé sans frais, adapté à sa bourse.

— Eh bien, n'est-ce pas malheureux ? dit Mila

— Combien coûte ce bonheur ?

— Trois mille laris.

— Maman, tu es devenue complètement folle ou quoi ?

Zéma ne put cacher son indignation.

— C'est la formule pour rajeunir, voilà pourquoi c'est aussi cher.

— Une formule pour rajeunir ? J'ai vingt-huit ans, c'est trop tôt pour avoir des rides.

— C'est ce que l'on croit quand on est jeune.

Mila continuait son délire qui montrait que, non seulement le marketing fonctionne très bien, qu'il nous piège chaque fois, grâce à la télévision, Internet, la radio, à cause de la peur de vieillir, avec des femmes d'âge mûr obsédées par le désir de rajeunir ou par un complexe d'infériorité. Elles sont détrônées par des filles sublimes et très jeunes, qui réussiraient même à te vendre de l'air. Mais, au cours de la conversation, Mila comprit également qu'on lui avait menti en partie et que, dans la boîte argentée qu'on lui avait vendue, ne se trouvait pas une potion magique. Elle s'évertuait à la vendre à sa propre fille, même s'il était dur d'avouer qu'elle s'était fait avoir et, de manière générale, il était compliqué d'avouer quoi que ce soit.

— Je dis cela pour toi, pour que tu ne te retrouves pas comme moi en vieillissant, dit alors Mila.

— Comment ça, comme toi ?

— À force d'avoir mis des crèmes bon marché, mon visage ressemble à du papier de verre.

— Ne dis pas n'importe quoi, si seulement j'avais une peau comme la tienne.

— Bref, que comptes-tu faire ? Tu la prends ou pas ?

— Bien sûr que non.

— Tu en es sûre ?

— Maman, arrête, enfin tu sais bien que c'est stupide, non ?

Zéma comptait ajouter quelque chose, mais le chef de l'unité l'appela dans son bureau en lui faisant un signe à l'aide de deux doigts, prenant une mine sérieuse.

— Maman, désolée, je dois y aller, dit Zéma

En se dirigeant vers le bureau de son patron, Zéma pensait seulement à comment elle allait utiliser des menottes pour la première fois de sa vie et comment elle allait arrêter Nougo – le plus gros bâtard de son passé – et comment ses blessures toujours ouvertes cicatriseraient et comment elle tournerait la page grâce à la justice. Il lui fallait au préalable obtenir l'accord de son chef car, selon la Constitution, elle avait le droit d'utiliser toutes les attributions des policiers, y compris des menottes, mais elle n'avait pas le droit de mener la procédure d'arrestation. Jusqu'à ce jour, comme elle était la seule femme de l'unité et que la réglementation interne exigeait que ce fût une femme officier qui intervienne avec des femmes arrêtées, devant les caméras du ministère, Zéma était obligée de se tenir à côté des femmes délinquantes pour jouer la policière figurante. Dans les couloirs, la rumeur courait que le ministre précédent avait été choisi pour son physique et sa carrure d'armoire à glace pour jouer ce rôle et personne ne savait comment il avait ensuite réussi avec son intelligence de cactus à gravir les échelons jusqu'à être promu au cabinet ministériel, mais Zéma n'avait pas à s'inquiéter pour ça.

— Zémachka, j'ai déjà dit à Cyber-Guiorgui et je te le dis à toi aussi, il faut effacer ces vidéos, lui dit le chef de l'unité.

Zéma, perplexe, commença à se creuser la tête et, même si ça ne servait à rien, elle demanda :

— Pourquoi donc ?

— C'est comme ça, répondit le chef avant d'ajouter : il travaille pour l'autre département, tu comprends ce que ça veut dire ? »

Zéma comprenait tout très bien et c'était sa principale qualité, elle ne disait jamais ce qu'elle pensait mais, là, c'est à elle qu'on touchait, à sa sécurité et à son bien-être, alors elle ne pouvait plus se taire et elle attaqua son chef :

— Ça veut dire qu'il va rester impuni et qu'il continuera ce qu'il fait dès demain ?

— Non, il ne vous touchera plus, ni toi ni ta voiture. Ils vont le faire venir aujourd'hui au commissariat pour lui faire comprendre et, s'il te dérange encore une fois, c'est moi qui m'en occuperai. Tu comprends que les élections approchent et, comme on ne dresse plus de procès-verbaux pour les voitures, on doit aussi fermer les yeux sur son cas. »

Zéma, sans un mot, ravala toute sa colère, sa rage, son désir de vengeance et, quand elle perdit tout espoir de justice, elle perdit l'équilibre et le contrôle aussi. Les souvenirs du passé, verrouillés neuf fois avec autant de cadenas, ne se firent pas attendre, ils se réveillèrent, bâillèrent, s'étirèrent et se levèrent et, quand ils ne trouvèrent pas assez de place dans la tête de Zéma, ils se mirent à casser tout son crâne de l'intérieur.

18 h 40

« Le rap géorgien s'est inspiré des personnages de dessins animés soviétiques et a été promu par des enfants ayant grandi avec ces dessins animés, traînant dans la rue, laissés sans nourriture, sans électricité et sans divertissement après la chute de l'Union soviétique. Puisque les garçons adorent jouer à la guerre, puisque les adultes ont conçu d'autres règles du jeu et qu'ils ne jouent plus dans les cours des immeubles, mais dans les rues du centre-ville et qu'ils ne jouent pas avec des pistolets en plastique, mais avec des armes, des canons et des tanks, les enfants ont imité leurs pères. Quand tu tiens une arme entre tes mains, la différence entre un adulte et un enfant ne pèse pas plus lourd que neuf grammes. L'histoire de la Géorgie aime se répéter, comme elle aime les équivoques et les comparaisons. C'est ainsi que les enfants armés ont été sacrifiés aux deux guerres d'indépendances de la Géorgie au cours du XXe siècle, en 1918 et en 1991. Si lors de la première guerre d'indépendance, les jeunes étaient couchés dans les tranchées autour de Tbilissi prêts à défendre leur pays, lors de la deuxième guerre d'indépendance, ils sont morts de façon absurde, pour un regard maladroit ou au nom de la mentalité « Viens, on sort pour s'expliquer ». Si les noms et les prénoms des premiers sont restés dans l'histoire, seuls les surnoms des seconds demeurent. Ces surnoms nous permettent de comprendre que « Kourcha », « Pouchkina », « Pitatchoka », « Kaldouna » et tant d'autres étaient des enfants affamés, aigris et souffrants, privés de dessins animés et n'ayant pas une vie normale. La grande majorité d'entre eux, à quelques exceptions près, avaient une arme à la main. Les autres, les fameuses exceptions se la coulaient douce au Parlement, dans un business ou encore dans les cimetières. Ceci ne dépendait pas de leur volonté, mais surtout de l'époque pourrie, du chaos ambiant. Les chansons « La peur », « Un mec de la rue » et « Un fou avec un fou » du premier album studio de Shurika alias Shavi Princi sont tellement authentiques qu'elles nous font revivre notre enfance volée avec des armes pour seule compagnie. L'album du rappeur Bedina qui a été incarcéré s'appelle aussi *L'Arme* et, même si dans les années 2000, Tbilissi et la Géorgie ont commencé à devenir plus paisibles, l'inspiration du crime et du monde mafieux n'a pas disparu du rap géorgien. Les surnoms empruntés aux dessins animés et à leurs héroïnes non plus. Nous avions Grinch et Buratino et, si Grinch était « un soldat dans la vie » et un « hors-la-loi », Buratino était représentant de la CMG – la Compagnie des mauvais garçons. Même si ces deux-là ont commencé à faire de la musique alternative et de bonne qualité, ils ont réussi à creuser un sillon important dans le hip-hop qui, au début des années 2000, arrivait par miracle à être à la fois une musique *underground* et *mainstream*. Quand Deja chantait avec New Face « Que le soleil se lève pour toi », il avait dans sa carrière solo « Le manifeste » et « Le deuxième moi ». Un style unique. Et, si le rap a quelque chose d'orthodoxe et de religieux dans un monde où les MC confient à Dieu le soin de les juger ou chantent à la gloire de l'idéologie de la Nation des cinq pour cent, en Géorgie on avait Excess ! Dans l'une de leurs vidéos, les membres de ce groupe sont descendus sur la scène, crucifiés, et c'est là où le sécularisme entre le rap et l'Église orthodoxe a pris fin et que les prêtres ont découvert qu'on pouvait maudire et lancer un anathème pas seulement sur les rock stars, mais aussi sur les rappeurs. Cette sous-culture au bas de l'échelle de la société et du monde mafieux devint la cible des criminels. Des mâles géorgiens prenaient un malin plaisir en chassant les rappeurs

géorgiens avec des bandanas sur la tête, habillés dans des vêtements amples, qui écoutaient du 2pac, Wu Tang et Biggy. Ces rappeurs étaient la plupart du temps des jeunes garçons, mais parlons des filles pionnières du hip-hop – Patara Salo, Tsikvi et Big Tiko. Si les filles du rock étaient considérées par les voyous comme des proies faciles, il en allait autrement pour les rappeuses. Ces filles arrivaient à avoir leurs places bien méritées à force de représailles et de guerres. Certes, les studios d'enregistrement ne les accueillaient pas à bras ouverts. Si, au début, le hip-hop géorgien se diffusait grâce à des amis, par des cassettes populaires et, un peu plus tard, par des disques donnés de la main à la main un peu plus tard, Studio Tbilisi et Sano ont commencé à dupliquer le rap et les artistes géorgiens sont devenus populaires grâce à des *beats* volés. Ces beats ne reprenaient pas seulement la musique, mais également la durée de la chanson et les refrains. Tout cela était dû à l'ignorance et à mille autres raisons. Peu connaissaient l'existence de Busta Rhymes et donc seuls quelques-uns s'apercevaient que « Le vendredi noir » de Dzvali et Graphi était une chanson de Busta Rhymes

plagiée en géorgien. Même si ces derniers n'étaient ni les premiers ni les derniers à se comporter ainsi, ils se distinguaient. Puisque, dans le hip-hop géorgien, il existe la notion d'Est et d'Ouest, après Kabu et Bedina, on peut considérer Dzvali et Graphi comme des avant-gardistes du rap de Tbilissi. Mes respects à Kabu pour son courage, lorsqu'il a crié que le hip hop était de retour de « Sisa tura » jusqu'à « Tu es désiré du fond du cœur » et parce qu'il a gardé l'humour dans le jeu si rude du rap. Aux côtés de Dzvali, de Graphi et de Grinch se trouvaient également Qado et Gerci et tous ceux qui ont joué
un rôle important dans la vie des oppresseurs ou des opprimés des années 2000. Ceux qui aiment le rap connaissent par cœur les textes de « On veut n****r les mères de nos ennemis » et de « Qui m'a éteint la lumière ? » À leurs yeux, c'était une grande joie de retrouver Gerci dans un jacuzzi avec Buka Managadzé dans la publicité de Bali. Gerci avait son propre style et un flow étrange. Puisque nous avons parlé de quelqu'un d'origine allemande, parlons aussi d'autres représentants de minorités ethniques, saluons et prenons des nouvelles de Fredo, le premier et dernier MC géorgien, j'en suis sûr, qui rappait en moldave. Prenons des nouvelles de Sioma, dont la trace disparaît avec la disparition de la cassette de Geo Rap et, puisque nous avons touché au rap commercial, on ne pourra pas passer à côté de Mamuka Ghlonti et de ses projets. On ne peut pas passer à côté de Lexseni qui, dans les années 2000, dans des circonstances où les rappeurs se faisaient pourchasser par les voyous, arrivait à remplir la salle du palais des sports. Il n'est jamais parvenu à faire partie de l'*underground* à cause de cette image à l'opposé de celle

du rappeur classique, à cause de ses chansons de style pop et à cause de sa popularité démesurée, il n'a pas non plus réussi à obtenir le respect ni des gens de l'Ouest ni de ceux de l'Est, mais il a aidé à rendre le rap populaire. Puisqu'on parle de la popularisation du rap, il faut ériger une statue en or à « Mes frères » de Dzebnilebi et Jeronimo, cette chanson équivaut pour le rap géorgien au « Gangsta's Paradise » de Coolio pour le hip-hop américain, ou la « Macarena » pour le monde des années 1990. Pour que les millennials comprennent mieux, cette chanson est l'équivalent de « Despacito » de Daddy Yankee mais, à la différence fondamentale que « Mes frères » est du *mainstream* de qualité, *mainstream* qui ouvrira grand la porte au Shavi Princi déjà mentionné. Celui-ci enregistrera ses clips vidéo dans le bordel « Labyrinthe » décoré en hôtel et il fera en sorte de faire apparaître des filles à moitié dénudées. Je voudrais que vous me compreniez bien, mais vous savez de quelle époque on parle ? L'époque où, sur la dernière page du journal, *Sarké* était imprimée la photo de Maia Djabua avec la phrase « Le soir du réveillon, Maia Djabua nous montrera son nombril ». Vous comprenez où et comment les frontières du rap géorgien se sont ouvertes. Prenons des nouvelles de Beberi, après Bone Thugs N Harmony, je pense qu'il est le premier *mumble* rappeur du monde et de la capitale du rap géorgien, un grand respect aux breakdancers de Flying style, Joker, Ghamura, Dzebnilta Klani et Diversantebi, qui ont commencé à rapper en même temps que parler. Saluons des rappeurs de Tetri Game, ceux qui ne kiffent pas ces garçons, ils peuvent les embrasser sur les fesses et excusez-moi pour tous ceux que j'ai oubliés, un grand respect pour vous, qui avez débuté pendant la période la plus ardue dans des conditions particulièrement difficiles et avez amené le rap géorgien à son niveau d'aujourd'hui... Bref, nous déclarons le PvP ouvert ! »

Ce long monologue sur les origines du hip-hop géorgien était prononcé par un invité d'honneur du PvP. C'est lui aussi qui avait eu l'idée d'enregistrer un clip pour le gagnant, puisqu'il se prenait pour un producteur, et il racontait l'histoire du rap géorgien non seulement grâce à des digressions verbales, mais aussi en réalisant des films documentaires, car son petit studio le lui permettait, certes avec des équipements qui n'étaient pas au niveau des studios de Hollywood, mais suffisants pour tourner un clip. Les participants du PvP et les invités approuvèrent son initiative en se frappant la poitrine du poing et en criant bruyamment « yo yo yo ». Le producteur leur présenta les règles du jeu qui, exceptionnellement, devaient être un peu différentes ce jour, notamment parce qu'au lieu d'improvisations sans *beat* ce soir-là, il y aurait un DJ. Il choisirait les *beats* selon ses goûts, comme les beats d'East Flatbush Project, de Teriyaki Boyz ou de Reghatoni, et sans exception tous composés à l'aide de seize rimes. Si les participants avaient le courage de le faire, il fallait qu'ils respectent ces seize rimes. Les règles du PvP autorisaient de frapper un autre MC au visage et au-dessus de la ceinture, comme c'est courant dans l'improvisation. Les insultes et les blagues sur la copine de l'adversaire étaient tolérées mais, en aucun cas, des insultes sur sa mère et sur les saints ou les coups portés en dessous de la ceinture.

Puis le DJ lança un *beat* pour s'échauffer et ils firent tourner une roue de bingo. Quand le nom de Pitta sortit en premier et, en deuxième, le nom du Maradona des batailles de rimes, Pitta devint blême. Lazare lui était aux anges car il assistait au baptême hip-hop de son ami.

— Pour ne pas commencer directement par s'étriper, commencez par vous présenter, dit le producteur.

Maradona répondit :

— Allez, je laisse le novice millionnaire commencer.

Le cerveau de Pitta réfléchissait de façon embrouillée, en boucle, de la même manière que le DJ scratchait, sans compter qu'on venait de faire une allusion à sa classe sociale comme il l'avait redouté. Tous les textes et les rythmes qu'il avait composés pendant son temps libre, il les oublia d'un seul coup.

— Ne laisse pas la pression prendre le dessus, commence par ce que tu as écrit en dernier, tu t'en souviendras sûrement mieux, lui dit Lazare.

Pitta rit avec un sourire nerveux. Il fit craquer ses cervicales et dit au DJ :

— Je vous demande de bien vouloir m'excuser, c'est la première fois que je suis là. Laissez-moi, s'il vous plaît, recommencer.

— Encourageons notre frère, lança le producteur. Yo !

La salle et Pitta regardèrent Lazare lui aussi sur la scène. Celui-ci lança :

— Il faut répéter tes derniers mots.

Lazare prit le deuxième micro et, après que le DJ a mis la Trap, Pitta commença :

Vous me définissez par mon argent

Mais j'ai plus de swag que d'argent
(Argent)
Je prendrai contrôle sur Vera, Vaké,
Grâce à mon pistolet jusqu'au bout chargé
(Chargé)
Venez les bâtards,
Venez m'approcher...
Je vous attendrai pour vous amocher !
(Amocher)
Je ne sens aucune peur de la police,
La guerre des rappeurs est toujours malice,
(Malice)
Mes mots vous massacrent et c'est une tuerie,
La salle sent toujours la charogne pourrie,
(Pourrie)
Viens, ramène-toi,
Viens, ramène-toi,
Je t'attends avec mon gilet qui me protège moi,
Je suis à présent ton unique roi,
Tu es devenu ma petite proie.

— Yo, le novice, il rappe bien.

C'est alors que les frères de Pitta appelèrent Lazare et lui dirent :

— On a trouvé les bâtards qui ont volé ton scooter, ce sont des enfants et ils t'attendent à Sébastopol.

Pitta et Lazare furent obligés de quitter le PvP juste avant la prestation de Lazare et, quand ils furent assis dans la voiture, Pitta avoua :

— Je n'ai jamais été aussi perché alors que je n'ai rien pris ! Allons régler l'affaire avec les morveux et on reviendra.

Lazare se réjouissait de l'excitation de son ami, mais il se réjouissait encore plus de pouvoir récupérer son scooter. Pitta mit fort « Come on » de Biggie & Sadat X dans l'énorme Jeep noire :

— *I dropped shit like a pigeon.*

Lazare eut un rire hystérique, forcé, pour évacuer la tension qui précède chaque bagarre de rue, même accompagné

de l'ancien homo zonard si expérimenté, même contre des morveux.

19 h 10

À sept heures, quand le salon ferma, « Mako des ongles » ne rangea pas les ciseaux, la lime et le coupe-cuticules. Bien au contraire, elle les stérilisa une nouvelle fois en les faisant bouillir et, pendant que « Stiopa des cheveux » coupait les pointes de la reine du jour, Mako mit les doigts de Mila dans de l'eau tiède et sortit les vernis les plus chers, destinés aux clientes prestigieuses. Mila, embellie par le maquillage gratuit de la « formule de jeunesse garantie », ne voyait pas, en se regardant dans le miroir, une femme de quarante-six ans, lasse et abattue, mais la Milachka prise en photo par Guéna à la fin des années 1980. Celle qui ne connaissait pas encore le goût de la tristesse et qui ne savait pas que la vie abîme la peau du visage bien plus que le poids des années. Cela faisait longtemps qu'elle ne s'était pas autant aimée, qu'elle n'avait pas autant senti cette force, cette énergie et cette audace. Elle regarda encore une fois son reflet et, même si elle avait mis vingt minutes à choisir ses vêtements avant de sortir de la maison, elle n'appréciait pas cette robe noire, simple et ample, ravivée par son collier multicolore et ses énormes boucles d'oreilles rondes. Mila aurait voulu quelque chose de différent, quelque chose qu'elle ne pouvait pas trouver dans son armoire, mais qui devait se trouver en grande quantité dans la garde-robe de #Heleneofficial. Puisqu'il lui restait un peu de temps avant le rendez-vous avec son amoureux et puisque #Heleneofficial habitait à deux pas, Mila osa appeler sa copine du fitness et vit de ses propres yeux sa salle de bains avec ses fenêtres panoramiques, son miroir avec une lumière led, son dressing aussi grand que la chambre de Mila, sa garde-robe qui avait été achetée et décorée grâce aux cœurs, likes, sponsors et riches amants. Mila aussi se para et gagna quelques centimètres grâce à des chaussures à talons et Helene était contente de sa création. Elle était si contente qu'elle sortit le portable de sa poche et publia quelques selfies sur les réseaux sociaux:

— De manière générale, je ne publie pas de photos de filles plus jolies que moi, tu comprends? Le bien semble être meilleur à côté du mauvais, j'ai une ou deux «copines» comme ça, à côté d'elles, je suis une *prima* et *prima donna*. Mais, puisque tu entres dans les critères d'hommes d'un autre calibre, viens, je vais faire une exception et je vais être fière de faire un selfie avec une MILF sexy comme toi.

Mila est exactement comme ça, brillante et sensuelle – même si elle ne connaît pas la signification de l'acronyme

MILF. En revanche, #Heleneofficial sait qu'enfiler une jolie robe en velours avec un grand décolleté dans le dos ne suffit pas pour aller à un rendez-vous, que le rendez-vous est comme un champ gravitationnel qui se courbe d'une position verticale à une position horizontale et que, dans la position horizontale, ça n'a plus beaucoup d'importance ce que tu portes. Ce qui est important, c'est ce que tu vas enlever et, puisque la nature a fait que les hommes ne préfèrent pas les femmes complètement dénudées, mais seulement en partie, vêtues avec de la lingerie érotique, Mila peut choisir parmi la lingerie offerte par les sponsors ce qui lui va le mieux et ce qui lui plaît. Elle choisit le linge qui la couvre à moitié et qui la représente en entier, celui qui parle d'elle sans prononcer un mot, celui qui peut libérer le démon sexuel emprisonné dans des dentelles douces. C'est étrange qu'on ne s'apprécie que quand quelqu'un nous apprécie dix fois plus que d'habitude. Mamouka apprécie Mila, il adore qu'elle soit perdue et qu'elle n'arrive pas à le regarder dans les yeux. Il se plaît à côté de Mila, Mamouka d'âge moyen qui s'est transformé en garçon amoureux. Il raffole de son courage d'embrasser Mila au feu rouge, sans réfléchir et à l'improviste, et de faire disparaître en une seconde la tension en elle. Il aime que cette femme le suive dans son jeu, qu'elle réponde à un baiser par un baiser et il adore aussi que le feu rouge ne passe pas au vert pendant encore vingt-deux secondes et que, pendant ces vingt-deux secondes, Mila passe sa main dans ses cheveux. Tout ceci est charmant, l'oubli de soi, la passion. Mila est contente de se trouver dans un restaurant cher. Elle aime que Mamouka la laisse s'asseoir en premier et qu'il s'assoie ensuite, qu'il commande plats et boissons à sa place car, de cette manière, elle évite la gêne de sa pauvreté. Mila est attachée à Mamouka, que ce soit grâce à son sourire, à ses histoires joyeuses et à sa confiance en soi, que ce soit par sa manière d'être « Je fais tout correctement » ou « Je contrôle tout ». La seule chose que Mila n'accepte pas, c'est l'incertitude : il est difficile de comprendre ce que Mamouka attend d'elle. S'il la désire seulement, ce dont Mila se doute, alors pourquoi l'avoir choisie, elle ? Il y a tellement de femmes dans ce monde plus jeunes que Mila ou plus belles qu'elle. Ou peut-être est-ce un caprice de Mamouka ? Le fétiche, la preuve physique du Don Juan qu'il peut être avec celle qu'il désire, quand il le désire. Peut-être est-il un prédateur et Mila une proie comme les autres, destinée à être empaillée et accrochée au-dessus de la cheminée ? Peut-être est-ce un pervers ou un maniaque sexuel ? Les maniaques sont toujours si souriants et méticuleusement bien organisés. Ou bien c'est Mila qui est maniaque, une rétrograde qui n'arrive pas à être en phase avec cette nouvelle époque, qui ne peut pas avoir une relation seulement pour le plaisir et jouir juste de cette relation. Le sexe a évolué si rapidement. Autrefois, c'était un acte sacré, il est à présent aussi fréquent qu'un bâillement et banal comme l'étirement machinal du matin. Mais que veut Mila ? Avoir un plaisir occasionnel grâce à ces rendez-vous ou donner un sens à sa vie ? Et quel serait le but d'avoir une relation avec Mamouka ? Elle peut être la maîtresse de quelqu'un, si être une amante signifie être désirée par quelqu'un, d'accord, elle peut l'être, mais alors la trahison ? Ou elle connaît déjà la réponse à son interrogation sur sa trahison ? Elle n'est pas amoureuse, donc elle ne trahit pas. Mais, quand tout ton corps te crie de l'intérieur, te secoue, te dit d'embrasser cet homme, ça veut dire que tu piétines tes principes, alors qu'est-ce que veut Mila ? Pourquoi pense-t-elle autant et pourquoi ne peut-elle pas vider d'un trait son verre de saperavi choisi par Mamouka ? Au lieu de ça, elle le boit en sirotant, comme le vin de la communion. Il va lui falloir boire un autre verre pour rassembler tout son courage. Pourquoi n'en boirait-elle pas un troisième ? Elle se soûlerait et communierait avec ses vrais désirs, avec sa propre chair et son sang, avec ses désirs contenus si longtemps. Et pourquoi ne pourrait-elle pas demander à Mamouka : « Partons d'ici tout de suite et faisons toutes les choses inavouables qui te trottent dans la tête » ?

Au lieu de cela, Mila écoutait un monologue embarrassant, sans queue ni tête, censé meubler la conversation.

— Ne pense pas que c'est un pâté ordinaire de canard. Quand ces canards deviennent adultes, on les met dans une cage conçue sur mesure pour qu'ils ne puissent pas bouger, puis on les gave de différents aliments pour qu'ils grossissent, qu'ils bougent moins et moins ils bougent, plus vite ils ont les muscles atrophiés, plus ils ont les tissus fragiles, et meilleure sera leur viande. Mange, Milachka, mange.

Milachka, qui se bat contre ses pensées, sombre dans la paranoïa et s'identifie à un canard. On l'a estimée elle aussi pour son potentiel de pâté. On a préparé son corps dans la salle de sport en lui faisant perdre du poids, en la faisant se raffermir, correspondre aux standards modernes, avant de l'exhiber au public et de satisfaire son appétit... Que tu es bête, Mila ! Cesse d'imaginer des bêtises !

— Voulez-vous autre chose ? demanda le serveur.

— L'addition, s'il vous plaît, nous sommes déjà en retard, répondit Mamouka.

— En retard pour quoi ? demanda Mila, étonnée.

Mamouka paya le serveur et lui fila un pourboire d'un montant équivalent pour Mila à une coupe de cheveux de cinq-six clients. Puis il dit à Mila avec un enthousiasme enfantin :

— Je viens de terminer les travaux de ma maison secondaire, je ne l'ai montrée à personne pour l'instant, j'aimerais que ce soit toi, la première.

Mila fut sincèrement impressionnée par l'habileté de Mamouka à définir leur relation, non dans un futur lointain, mais dans un futur proche, d'une manière simple, sans se poser de questions stériles, sans fournir d'explications et parfois même sans le consentement de Mila. C'est précisément ce qu'elle aimait chez Guéna. Il réalisait les désirs de Mila avant même qu'elle puisse les formuler. Elle aimait quand il lui faisait vivre des aventures sans lui demander son avis. Quand Guéna avait vu plus de choses dans la vie qu'il ne devait en voir, quand il avait vu qu'une aventure intéressante pouvait être pénible et douloureuse, te marquer pour le reste de ta vie et détruire ton monde, il s'était mis en retrait de la vie, ensuite de sa femme et enfin de lui-même. Voilà pourquoi Mila se retrouvait à présent dans la voiture de Mamouka et c'est pour ça qu'elle voulait trouver pour la seconde et dernière fois la tranquillité. Il n'y avait absolument rien de honteux, ni à blâmer dans le fait que Mila voulait être heureuse. Cela faisait déjà assez longtemps qu'elle vivait de façon mécanique, orientée vers les autres. À présent, les enfants étaient grands, ils étaient indépendants, ils travaillaient et ils avaient leur vie à eux. Guéna aussi avait des revenus suffisants pour ses besoins. Mila avait sacrifié assez de choses pour sa famille et sa famille ne mesurait pas ces sacrifices. Elle avait perdu la moitié de sa vie et toute sa jeunesse. Mais elle avait trouvé Mamouka. Pourquoi ce ne serait pas possible de la laisser tranquille, respirer librement ? Aucun de ces trois-là ne s'intéressait à ce que pensait Mila, donc pourquoi aurait-elle dû les prendre en considération ? Pourquoi s'immisçaient-ils dans ses pensées ? Et s'ils ne la laissaient pas libre de ses pensées, de quoi seraient-ils capables dans ce quotidien routinier et épuisant ?

19 h 25

Quand Guéna multiplia les coefficients avec la victoire de Detroit, de Toronto, de Houston et de Phoenix à deux laris avec lesquels il comptait parier, il obtint un résultat ridicule. Il décida donc de parier aussi sur la victoire d'Oklahoma. Russell Westbrook faisait une saison exceptionnelle et Guéna était sûr qu'il arriverait à provoquer un petit miracle dans sa vie aussi, pour ne plus avoir à quémander de l'argent auprès de sa femme et pour rembourser sa dette à son fils.

Guéna se trouvait devant le métro Sarajishvili, confronté à deux choix : soit prendre un bus et arriver en contrebas du quartier de la mer, soit reprendre le métro pour une station jusqu'à Akhmeteli, y prendre le bus et descendre en direction de chez lui. Il choisit la seconde option et ce fut un mauvais choix car, s'il était arrivé en contrebas du quartier, il n'aurait pas remarqué comment Nougo et ses acolytes faisaient rentrer de force Irakli terrorisé dans la voiture. Il se retrouva nez à nez avec eux.

— Guéna, aide-moi ! appela Irakli d'une voix désespérée.

— Mais que faites-vous ? Vous avez perdu la tête ou quoi ?

Guéna se précipita vers Nougo en criant, le regard balayant les alentours à la recherche d'aide, mais il n'y avait âme qui vive ni dans le quartier ni dans les immeubles. Les voisins qui épiaient vingt-quatre heures sur vingt-quatre étaient à présent tous en train de fermer avec prudence et discrétion ces fameuses fenêtres à double vitrage, qui ne laissent passer ni le bruit de la rue ni celui du crime.

Nougo insultait Irakli et dit à ces acolytes en désignant Guéna :

— Prenez-le aussi.

Puis ils entraînèrent Guéna et Irakli vers la mer de Tbilissi, mais on aurait dit qu'il ne faisait pas si sombre dans ce pays, ni dans la ville ni dans le quartier. On aurait dit que des réverbères étaient allumés, que les lignes téléphoniques fonctionnaient normalement, que presque tout le monde avait un portable, que la police inspirait confiance, que la justice existait et que des policiers en uniforme ou en civil patrouillaient chaque nuit entre des immeubles numérotés de façon aléatoire et parlaient d'une manière extrêmement clinique et insultante aux jeunes en train de jouer dans les stades ou bien aux gens du même âge que Guéna qui restaient dans le quartier jusqu'à tard le soir. On aurait dit que le gouvernement avait complètement éradiqué la culture du crime. Pourtant, Guéna et Irakli étaient à présent coincés dans la voiture et ils étaient obligés de supporter les insultes et les menaces de Nougo. Ils les emmenaient vers la mer de Tbilissi, là où on avait déjà tué Guéna une fois, là où Guéna avait déjà…

Tout avait un jour commencé par les étagères vides des magasins. La famine avait créé le dégoût, puis la haine. Ces trois mots constituent la Sainte Trinité de l'Union soviétique et, quand Moscou ne pouvait plus approvisionner la population, il la nourrissait avec la manne céleste de la haine. En même temps, il se trouvait que le symbole de l'arbre de la connaissance du bien et du mal, planté dans la première partie du XXe siècle, donna son fruit pendant la chute de l'Union soviétique. Nous avons pu ainsi digérer les guerres du Karabakh, de Samatchablo, d'Abkhazie, d'Ossétie-Ingouchie, du Tadjikistan et du Dniestr et nous nous sommes avalés les uns les autres. Guéna, en revenant de Goboustan vers Bakou, découvrit que ceux qui lui avaient souri avant de partir en exil étaient devenus ses ennemis. Il découvrit que l'hostilité aveugle les gens. Guéna comprit qu'on attaquait des Arméniens de souche à Bakou, des Azéris à Erevan, et Guéna vit qu'on avait lacéré deux étudiants arméniens. Guéna vit que sa nounou, qui avait également été la nounou de son ami Samuel, une femme qui n'avait jamais vécu ne serait-ce qu'un jour en Azerbaïdjan, avait été lapidée à mort. Samuel avait essayé de s'interposer en exposant son dos et Guéna comprit qu'on lui ferait subir la même chose. Il découvrit que les «patriotes» utilisaient la notion de patrie de la même manière que les inquisiteurs utilisaient le nom de Dieu. Guéna prit peur pour Mila enceinte et pour Samuel à moitié fou, qui comptait partir à la guerre sans arme pour tenter de réconcilier paisiblement les nations. Guéna prit peur pour ses parents qui avaient patienté et caché leur vrai visage pendant toutes ces années. Ils disaient à présent que le Karabakh leur appartenait ! Qu'il leur avait toujours appartenu et qu'il leur appartiendrait toujours, que l'ennemi devait mourir et que les ennemis n'étaient pas seulement ceux qui se battaient à la guerre, mais aussi tous ces étrangers dans le pays et qu'il fallait tous les massacrer ! Guéna prit peur des visites fréquentes d'Artioma, le père de Mila, et de ce pistolet Stetchkin qu'il avait et des dépêches venues de la guerre annonçant la mort d'Artioma. Alors il prit les bijoux en or cachés, et avec Mila, Samuel et son Desna dva, s'enfuit vers Tbilissi.

À part le zoo et le métro, l'Union soviétique laissa à Tbilissi le lac et, quand le métro s'arrêta et que les animaux s'enfuirent du zoo, la ville ressembla à une animalerie. La mer de Tbilissi devint l'endroit idéal pour enterrer des ossements rongés mais, avant qu'il ne retrouve le tombeau de Samuel, Guéna et son camarade de Mkhedrioni retrouvèrent non seulement les tueurs, mais aussi la raison pour laquelle il avait été tué. Samuel avait été assassiné parce que le bataillon de Bagramian… Parce que le bataillon de Bagramian en Abkhazie… En réalité, ils avaient tué Samuel car ils avaient été autorisés à le faire à cause de ses origines. Et, comme dirait ensuite le docteur qui avait pratiqué l'autopsie, ils ne l'avaient pas seulement tué, mais ils l'avaient battu, torturé, écrasé, ligoté avec une corde et l'avaient traîné ainsi sur l'asphalte, ficelé et attaché à la voiture. Son corps éraflé, écorché, attestait de son calvaire. On lui avait fracassé les pommettes et les dents avec la crosse d'un Tokarev TT. Samuel avait réussi à s'enfuir ou bien il s'était enfui sous l'ordre des bandits pour qu'ils puissent jouer à le canarder et lui tirer deux balles à quinze ou vingt mètres. Mais Samuel n'avait pas été tué par ces balles, ni des suites de cette longue torture. Il était mort de dyspnée à cause de ses poumons gonflés d'eau.

Le docteur avait conclu qu'ils l'avaient noyé. Si on observait bien ses tibias, on voyait qu'ils avaient voulu lui attacher un poids pour le faire couler dans la mer. Il semblait pourtant que la corde s'était rompue et que le corps de Samuel était remonté à la surface. Les bandits avaient décidé seulement à ce moment-là de l'enterrer. En entendant ceci, Mila, qui s'était lamentée pendant toute la semaine qui avait suivi la disparition de Samuel jusqu'à la découverte de son corps, s'était remise à pleurer, à verser ces larmes qui n'assèchent pas seulement l'humain tout entier, mais le fanent et ne laissent de lui qu'une coquille vide.

C'est pour cela que Mila, dans le cabinet du docteur, ne remarqua pas que l'homme qui se tenait à côté d'elle n'était ni Guéna ni la coquille de Guéna ni l'ombre de Guéna, mais son cadavre, le cadavre vivant, le vide de la peur, avec le corps encore plus gris, encore plus bleu que celui de Samuel, le corps qui était parti chercher son ami et était rentré, tueur de ses bourreaux. Mila ne remarqua pas l'étrange coïncidence entre la découverte de Samuel et la disparition du Stetchkin de la maison. Elle ne devina pas pourquoi leur ami de Mkhedrioni ne leur rendait plus visite. Mila ne sentit pas la puanteur que dégageait Guéna, elle ne comprit pas non plus pourquoi son mari brûlait les poubelles entassées dans le bunker. Elle ne déchiffra pas ce qui hantait Guéna : l'horreur de faire déterrer le corps de son ami par un bandit et de lui faire élargir le même trou. Mila n'a jamais su que, pour tuer un homme, on n'a pas besoin de s'armer de courage, que si tu laisses partir cet homme il va revenir te chercher dès le lendemain. Il te retrouvera de la même manière que tu l'as retrouvé et, si tu ne le tues pas sur-le-champ, il te tuera un autre jour et à un autre endroit. Si Guéna avait perdu son courage et sa patience à cause de cette folie, s'il avait tiré d'abord sur l'un puis sur l'autre et, même s'il s'était assuré d'un tir de contrôle d'avoir tué tous ces bandits, en revanche, il n'était pas sûr que personne ne lui rappellerait ce péché, que personne n'essaierait de se venger de lui ou de sa famille. C'est pour cela qu'après l'enterrement officiel de Samuel, il vendit en toute hâte, moins cher que ce qu'il l'avait acheté à l'époque, son appartement de deux pièces dans le centre-ville, acheté grâce à des bijoux en or de son père. Il fut difficile d'expliquer à Mila pourquoi ils s'enfuyaient, mais il aurait été encore plus difficile de vivre avec le seul témoin du meurtre pour voisin. Guéna se fuit lui-même et fuit son seul ami vivant. Il s'était enfui dans le quartier de la mer et il pensait qu'il pourrait respirer paisiblement. Et voilà que non. En entrant dans l'immeuble, il sentit l'odeur qui enveloppait le bunker de puanteur. Guéna comprit que ce n'était pas seulement le monde qui puait, mais que lui aussi puait avec ses péchés. Il pourrissait et se décomposait. Il comprit que la puanteur et le péché feraient partie de sa vie et, exactement dix ans après, en novembre 2003, son ancien ami de Mkhedrioni réapparut dans sa vie. Il réapparut avec la volonté de le faire participer à la révolution et, comme par hasard, il l'emmena vers le lac près du tombeau des bandits. Il lui fit comprendre qu'il se souvenait de tout et que, si jusqu'à aujourd'hui, il ne lui avait jamais demandé de service, là, il avait véritablement besoin de lui. S'il ne se trompait pas, Guéna avait été récompensé de la Légion d'honneur et s'était vu offrir le statut de héros national par ce gouvernement pourri jusqu'à la moelle ou plutôt par le Président lui-même. S'il prenait le parti des révolutionnaires, s'il jetait son médaillon publiquement et condamnait le président en public, il commettrait un acte héroïque pour le pays, les leaders de la révolution apprécieraient et, en récompense, une fois au gouvernement, ils lui permettraient de réintégrer la police, pas sur un poste de simple agent de la circulation mais en tant que chef d'unité, ou bien ils l'embaucheraient au ministère. Guéna sourit. Il ne lui dit pas qu'il n'avait aucune idée d'où se trouvait le médaillon de la Légion d'honneur, qu'il avait failli perdre une personne parmi les plus précieuses au monde à cause de ce médaillon. Non, Guéna jeta seulement un coup d'œil en direction des tombeaux des bandits, puis se tourna vers l'ancien homme de Mkhedrioni, transformé en révolutionnaire, et lui dit :

— Quand je mourrai, enterre-moi à côté d'eux.

À présent, il y avait un yacht-club tout près de ce tombeau, la meilleure piscine pour les filles de Tbilissi. Nougo et ses acolytes frappaient Guéna et Irakli un peu plus loin, sous les quelques arbres qui restaient par-ci par-là du côté de Vazisoubani, un autre quartier de Tbilissi. Guéna pensait que le monde avait une certaine logique et que, s'il devait mourir, les tueurs ne savaient pas qu'ils avaient choisi à dessein le meilleur endroit. Guéna pensait que tout cela était ironique. C'était drôle de mourir à cause d'une embrouille de stationnement de quelqu'un d'autre. D'une manière générale, mourir si bêtement est drôle – c'est très triste que ce genre d'humour noir n'ait pas pris fin en même temps que les années 1990. Si ça se trouve, c'est logique que les héros soient toujours tués par des récidivistes, mais ce qui est plus drôle encore, c'est que c'était Nougo qui devait tuer Guéna. L'acte héroïque que Guéna avait accompli autrefois n'était pas non plus dénué d'ironie. Il s'était arrêté pour faire une sieste devant l'obélisque des Trois Cents Aragviens sur la route barrée par l'escorte du Président. Guéna ne pouvait pas savoir que c'est lui qui sauverait le commandant suprême en chef. Il était en train de déjeuner d'une brioche achetée dix tetri et buvait du kéfir de lait sûrement périmé, rapporté en contrebande d'Ergneti, quand il avait entendu le premier bruit d'explosion, le deuxième, le troisième. Il en avait renversé le kéfir de lait sur son uniforme de milice délavé. Avant qu'il ne recouvre ses esprits, la voiture en feu du Président était apparue à quarante-cinquante mètres de l'endroit où il avait entendu le bruit terrifiant des tirs dans tous les sens. La Mercedes blindée offerte par des Allemands s'était arrêtée sous le nez de Guéna. Il ne savait pas s'il y avait des survivants à l'intérieur. L'incertitude avait duré quelques secondes, puis la portière s'était ouverte avec prudence et un homme avait jeté un œil à l'extérieur. Non, ce n'était pas Chevardnadzé, c'était Vakhtang Kutateladzé, le chef du service spécial de la protection de l'État de Géorgie. Qui fut le plus étonné, de Vakhtang, apercevant un officier de circulation dans une voiture de milice avec du kéfir de lait séché dégoulinant sur son uniforme et une brioche à la main, ou Guéna, témoin de cet acte terroriste ? Il se souvenait que le Président avait ensuite passé sa tête par la portière, en proie à la panique. Guéna avait connu quatre présidents dans sa vie en Géorgie, trois d'entre eux étaient terrorisés et on n'avait vu le quatrième que quelques fois en train de tricoter ou d'éplucher des pommes de terre. Guéna ne savait toujours pas ce qu'il préférait entre un président mort de peur et un autre épluchant des pommes de terre ; par contre, Vakhtang savait que, à ce moment-là, Guéna était le seul qui pouvait les aider, lui et son escorte. Il lui avait ordonné d'un signe de la main de démarrer la voiture et de monter les rejoindre. Les tirs étaient nourris. Si Guéna n'avait pas eu peur, ce n'était pas parce qu'il avait eu la volonté de sauver le Président inutile d'un pays en ruines, non, c'était parce que des êtres humains étaient en train de mourir et que Guéna pouvait alors les aider. S'il n'avait pas réussi à aider sa nounou, il pouvait sauver ces gens-là et il l'avait fait. Le reste était une histoire drôle dans la drôle de vie de Guéna. C'était d'un humour des plus noirs que Guéna se trouvât là, au bord du lac, en train de se battre. C'était drôle qu'Irakli, qui avait régulièrement payé ses factures d'électricité et de gaz en citoyen honnête durant les années 1990, qui n'avait jamais fait de mal à personne, qui n'avait jamais blessé qui que ce soit, qui, selon Guéna, criait pour la première fois de sa vie, soit celui qui se faisait tabasser. C'était ironique que Nougo insulte la mère d'Irakli, mais qu'il précise « ta mère arménienne » en insultant Guéna. C'était encore plus comique que le téléphone de Guéna soit mis sur écoute. Le service de sécurité d'État écoutait son portable à l'écran cassé, le système vocal abîmé. En 2007, quand les employés virés du service de circulation routière transformé d'abord en milice et ensuite en police l'avaient appelé : « Viens à la manifestation, nous avons bloqué l'avenue de Roustavéli pour leur montrer qui se chie dessus et qui est foutu », il avait répondu qu'il avait déjà fait assez de manifestations et qu'il fallait à présent le laisser tranquille. Deux minutes après, c'était son ex-ami, ex-membre de Mkhedrioni, le pivot du gouvernement actuel, qui l'avait appelé en lui disant que, non seulement son portable devait être changé, car ils entendaient mal sa voix, mais qu'il ne fallait surtout pas non plus aller à la manifestation ce jour-là. Puis Guéna avait vu à la télévision ce qui se passait et ce n'était plus drôle du tout. Le geste prévenant de la part de l'ancien membre du Mkhedrioni relevait d'un humour vulgaire, car les gouvernements changeaient et son ami faisait toujours partie du système. C'était l'ironie la plus grande, la plus tragique, qu'elle soit politique ou sociale, que de broyer et de rendre débile ce pays – une blague du même niveau que celle de l'existence de Nougo. Guéna ne put se retenir et éclata de rire, ce qui rendit furieux Nougo et ses trois acolytes. Ils laissèrent Irakli et se mirent à insulter et à frapper Guéna à quatre voix et huit pieds.

20 h 14

— Avant, à mon époque, il n'y avait rien, ni spectacles ni cinéma, même Kurieri du 21 heures ne commençait pas à l'heure, mais un rencart était un rencart. Si on l'avait fixé à 20 heures, tout le monde y aurait été à 20 heures, nous n'étions peut-être pas toujours ponctuels pour un événement culturel, mais pour les rixes de rue, si ! Alors qu'aujourd'hui, ce n'est plus le cas, dit Pitta.

— Je n'ai vraiment pas de chance avec les deux roues, rit Lazare.

— Qu'est-ce que tu veux dire ?

— Quand j'étais petit, j'avais un Desna dva et on me l'a volé aussi.

— Hé, j'en avais un, moi aussi.

— Oui, mais le mien avait une selle de Takhion.

— Qu'est-ce que c'est la selle de Takhion ?

— C'est aussi un vélo soviétique, un vélo sportif. La selle de Takhion plus Desna dva, c'est tout mon père.

— Dis-m'en plus.

— Je serais obligé de te raconter tout mon drame familial et, crois-moi, on n'arrivera jamais à temps avant de t'avoir tout dit.

— J'ai appris à faire du vélo sur un Desna dva.

— Moi aussi, et ce bâtard me l'a volé.

— Qui ?

— Nougo, c'est un gars de mon quartier.

— Allez, viens, on va l'obliger à te le rendre.

— Qui, Nougo ?

— Oui, pourquoi pas ? Qui c'est ?

Lazare n'eut pas le temps de répondre, des gamins surgirent d'entre les blocs d'immeubles. Ils étaient quatre – quatorze-quinze ans maximum – et peinaient à pousser le scooter. Malgré l'obscurité et le fait que les garçons se trouvaient loin, Lazare comprit quelque chose :

— Je crois que ces connards se sont trompés de scooter... Ce n'est pas le mien...

Les enfants adossèrent le scooter contre un arbre. Pitta leur fit des appels de phares pour leur signaler qu'ils étaient là, puis il baissa la fenêtre :

— Salut, les gars, venez donc dans la voiture, leur dit-il.

Il leur ouvrit la portière arrière. Les enfants jetèrent à Pitta et à Lazare un regard cynique.

— Ça ne peut pas se passer comme ça, mec, dit l'un d'eux sur un ton assuré.

Il mit une telle ironie dans le mot *mec* que Pitta et Lazare comprirent qu'il était le chef de ces quatre-là – il avait une voix digne de celle d'un coq à cause de sa puberté. Les autres ne disaient rien, mais se tenaient debout avec des visages fermés et méchants, décalés pour leur âge. L'un d'entre eux avait mis sa main entre son tee-shirt long et son pantalon et il jouait un one-man-show très familier pour Pitta, un ancien spectacle éculé, comme s'il tenait une arme.

— Alors vous voulez que nous, des gars de notre âge, traînions dans la rue ? demanda Pitta et, avant même d'achever sa phrase, il connaissait déjà la réponse que le gamin allait lui donner :

— La rue ne connaît pas l'âge, dit le chef. Et comment je peux savoir si vous n'êtes pas là pour vous venger ?

— De quelle vengeance tu parles ? Tu me rends dingue, je suis censé avoir des enfants du même âge que toi !

— Et alors ? Ça te plairait que ton enfant monte dans la voiture d'un inconnu ?

Le chef lui décocha un sourire malveillant que Pitta avait déjà utilisé plusieurs fois pour déstabiliser ses « ennemis ». Lazare, lui, avait du mal à ne pas rire de cette situation, de ces dialogues absurdes et de cet enfant qui faisait semblant d'avoir une arme. Mais ils n'avaient pas d'autre choix que de descendre de la voiture.

— Ne me demande pas de m'accroupir, je galère déjà à cause de mon ménisque, marmonna Pitta.

— Mon grand-père aussi.

— Laisse tomber ce cynisme.

— Tu m'en demandes trop, je ne veux pas ça, je ne veux pas ci, demande-moi si je veux rendre ce scooter aussi.

— Tu ne veux pas, mais tu n'auras pas le choix.

— Obligé... C'est parce que certaines personnes me l'ont demandé et que je ne pouvais pas leur dire non.

— Oui, c'est ça.

— Exactement.

— Donc c'est comme ça, ramenez le scooter.

Pitta perdait patience. Il ne pouvait pas toucher le gamin, ni l'insulter ni appeler la police, et les enfants le savaient aussi. Ils comptaient bien essorer Pitta jusqu'au bout.

— Ça ne peut pas se passer comme ça.

— Qu'est-ce que tu veux dire ?

— Je veux dire qu'on n'a pas le temps de s'amuser ou de se promener.

— Et alors ?

— Alors on vous rend un fier service. Il faut que vous fassiez quelque chose en contrepartie, vous aussi, déclara le chef de la bande.

— Je vous paierai une glace ?

Cette fois-ci, le sourire malveillant illumina le visage de Pitta. Alors le gamin lui fit un doigt d'honneur.

— Tu ne me suppliais pas d'arrêter de le faire ?

— Je ne te suppliais pas, je t'implorais.

— Appelle ça comme tu veux.

Pitta ne put résister :

— Dommage, si j'avais ton âge, je t'aurais cassé les dents pour ton arrogance.

Celui avec « l'arme » bougea la main sous son tee-shirt et essaya d'avancer vers Pitta, mais le chef l'arrêta. Pitta sourit sincèrement :

— Ne te pisse pas dessus, fais attention.

La rage fit scintiller les yeux du gamin.

— Je vais te...

Il allait continuer, mais le chef l'arrêta de nouveau, regarda Pitta.

— Pourquoi tu compliques les choses ? dit-il

Pitta comprit alors qu'il avait perdu le contrôle de l'homo zonard endormi dans un coin de son cerveau et qu'il avait exagéré.

— Désolé, mec, ne m'en tiens pas rancune.

Il s'excusa auprès du gamin et se retrouva de nouveau en humeur d'homo rave party. Les autres avaient entre-temps observé Lazare. L'un d'entre eux enleva enfin le bonnet qui recouvrait ses yeux.

— C'est toi, MC Rônin, non ? demanda-t-il.

Lazare fut troublé. On ne pouvait pas dire qu'il était un rappeur connu, c'était la deuxième ou troisième fois qu'on le reconnaissait et si, dans les deux premiers cas, il avait eu la réaction appropriée et avait été fier de son statut, là, il ne

savait pas quoi dire.

— Oui, c'est bien toi, je savais que je te connaissais, renchérit le gamin.

Le chef de bande frappa alors son poing deux fois sur sa poitrine avant de lui adresser un signe de paix. Lazare lui répondit avec le même signe et Pitta dit :

— Avant on cherchait des amis en commun pour régler les choses, alors qu'à présent regarde comment on les règle. Pourquoi il y avait pas YouTube ou Soundcloud à mon époque ?

Les gamins rirent comme les enfants doivent rire en principe et celui qui avait reconnu Lazare en premier lui dit :

— Je connais tous tes *tracks* par cœur.

— Merci beaucoup, fit Lazare.

— On peut faire un selfie ? lui demanda le chef.

— Bien sûr.

Pitta voulut lui aussi prendre une photo souvenir, mais les enfants lui dirent gentiment :

— On prendra une photo avec toi aussi, mais laisse-nous juste en prendre une avec ton pote.

Pitta fut atteint en plein cœur et dit d'un air boudeur :

— Si vous saviez... Moi aussi, je suis un MC.

Quand la session de photos et les débats de la rue prirent fin paisiblement, les gamins leur amenèrent le scooter adossé à l'arbre et Lazare eut la certitude que ce n'était en effet pas le sien. À la place d'un scooter Honda Dio accidenté et esquinté, il se trouvait devant un scooter Honda Click de l'année précédente.

— C'est bien ton scooter ? demanda Pitta.

— C'est bien lui ! On n'en a pas piqué d'autre aujourd'hui, se justifia le chef.

— Attends, vous en volez plusieurs par jour ?

— Bah oui, on ne va pas se promener chacun notre tour.

— C'est vrai, votre logique est redoutable.

Le scooter Honda Click n'était peut-être pas la Harley Davidson des scooters mais, en tout cas, il était un million de fois préférable que le scooter cassé de Lazare. C'était un modèle bien plus puissant, tout neuf, si ce n'était le contact abîmé.

— Excuse-moi, bredouilla le chef de la bande. On n'a pas réussi à la démarrer autrement, mais les contacts marchent bien, mets le bleu sur le rouge et ça va démarrer.

En fait, si les garçons n'avaient pas volé d'autre Honda aujourd'hui, Lazare devait reprendre ses recherches. La police ne pouvait pas l'aider, les criminels non plus et, pendant qu'il chercherait, il ne pourrait pas travailler. Il ne pourrait pas travailler, donc il ne pourrait pas gagner d'argent, il ne pourrait pas gagner d'argent, donc il ne pourrait pas payer sa dette à la banque, il ne pourrait pas payer sa dette donc on lui volerait sa réputation, les employés de banque noirciraient son passé bancaire irréprochable et ils lui fermeraient la porte au nez du paiement en plusieurs fois comme celle des prêts à court terme, en gros celle du citoyen consommateur, tout comme celle du « Tu commandes, on te livre » et, jusqu'à ce que Lazare devienne celui qui commande, il devait travailler donc...

— Alors, c'est ton scooter ou non ? Pourquoi tu réfléchis autant ?

Comment peut-il être possible que ton salaire ne te suffise pas d'un mois sur l'autre pour l'essence, les cigarettes et les choses simples, sans parler des loisirs, que ton courage ne te suffise pas non plus à demander pour la centième ou millième fois à ta mère ou à ta sœur de te prêter de l'argent ? Comment peut-il être possible que là, dans un grand désespoir, les banques et les organismes de microcrédits se souviennent de toi et que tu reçoives un message : « Tu peux emprunter jusqu'à deux mille laris sans justificatif de revenus avec ta seule carte d'identité. Cordialement, tes futurs suceurs-de-sang » ? Comment peut-il être possible qu'ils rendent les plus pauvres et les plus opprimés encore plus pauvres et plus opprimés ? Seigneur, aie pitié et prépare la paix éternelle pour notre patrie protégée par toi, le gouvernement et son business, aie pitié aussi du pauvre Lazare et aide-le à trouver la paix éternelle.

— Hé ! Lazare ! On est en retard !

Hé ! Lazare, qu'est-ce qu'un samouraï ferait à ta place ? Monterait-il sur le cheval d'un autre ? Facile d'adapter les codes à ta réalité féodale ! Que c'est facile d'écrire des lois que tu n'enfreindras pas, hein ? Comme c'est facile de parler de tentations quand tu n'es pas encore confronté à un dilemme. Celui qui ne pèche pas ne vit pas, non ? Celui qui vit pèche tout le temps et partout. Et qu'est-ce que c'est un péché en plus ? Ce prêtre constamment ivre, auprès duquel Lazare se confessait, disait : « Tu seras pardonné uniquement pour tout ce que tu regrettes. »

Lazare aussi regrettait, plus précisément il se repentait et il essaierait de se faire pardonner car, ici et maintenant, il dit :

— Oui... C'est lui... C'est bien le mien...

20 h 33

Les collègues de Zéma ne s'illustraient pas par leur cruauté particulière ou par la pression forte qu'ils exerçaient sur les témoins. Leurs fautes professionnelles n'étaient jamais graves. C'était parce qu'ils n'avaient pas d'autre choix qu'ils étaient obligés de cogner. Ils frappaient de telle manière que les experts et les juristes ne se doutaient de rien. Si les insultes étaient courantes dans les autres unités, les employés comme Zéma insultaient les prévenus uniquement devant des caméras éteintes. En bref, d'un côté, ses collègues se défendaient bec et ongles, et d'un autre, ils n'étaient pas non plus des sauvages. En revanche, c'étaient tous des hommes, sans exception. Ils ne comprenaient pas les femmes et encore moins les problèmes des femmes – comme la plupart des hommes. C'est ainsi qu'en début d'année, au séminaire organisé par le ministère de l'Intérieur, où des instructeurs devaient de nouveau leur apprendre et, cette fois-ci avec maints détails, la loi sur les violences conjugales, ils s'étaient bien amusés. Ils avaient ri, échangé des blagues et quand, au milieu du cours, l'intervenant avait dit « Il existe la notion de viol sur conjointe », ses collègues s'étaient écroulés de rire sur leurs chaises. Plus l'intervenant essayait d'expliquer cette notion, que l'acte sexuel, même avec sa propre femme, était indissociable du consentement mutuel, les collègues de Zéma avaient ri encore plus fort et certains avaient même dit :

— Ne mettez pas vos femmes à quatre pattes car on ne sait jamais, elles pourraient porter plainte.

Quand l'intervenant avait tenté de leur faire comprendre, avec la meilleure volonté du monde, que le Kama-sutra n'y était pour rien, qu'on pouvait parler d'agression même dans la position du missionnaire, alors les collègues de Zéma s'étaient tenu le ventre à deux mains.

— Je ne savais pas que j'étais un missionnaire, avait lancé l'un d'eux, riant aux éclats.

Un autre demanda à son collègue à voix basse :

— C'est quoi comme position ?

— La classique je pense.

Ils s'étaient mis à s'esclaffer encore plus fort :

— Au lieu de nous faire ce cours, il fallait nous montrer le Kama-sutra ou un film porno, voire un classique de Tinto Brass. Regardez celui-là, il ne connaît même pas les positions de base.

Dans le rang du fond, le chef de Zéma, qui était assis en silence et qui jouait le rôle de l'homme sérieux devant les gens du ministère, n'avait pas pu résister et avait dit :

— Je pense que celui-là viole sa femme tous les soirs sans même le savoir.

Les collègues de Zéma étaient devenus hystériques, certains avaient même failli s'étouffer de rire, les autres s'étaient mis à tousser à cause de rires incontrôlés. La situation était déjà absurde et ridicule, et nous savons tous que la blague, dite au bon endroit, au bon moment, et de surcroît par un chef, un directeur ou, de manière générale, par quelqu'un d'important, est dix fois plus drôle, juste parce qu'on y accorde une valeur cent fois plus grande. Tant et si bien que Zéma, toujours assidue, arrivée au séminaire avec les textes du Code pénal imprimés, avait aussi souri. Voilà comment les employés de l'unité quatre de la police du département de Vaké-Sabourtalo avaient révisé la loi sur les violences conjugales : dans les éclats de rire et la bonne humeur. Pourtant, à 20 h 33, quand G.G. entra dans le bâtiment de la police avec les yeux vides, le visage figé et un couteau taché de sang dans la main, et qu'il dit : « J'ai tué ma femme, je suis là pour me rendre », là, plus personne ne s'esclaffa. Ses collègues étaient figés, comme G.G., par la surprise et leurs cerveaux eux aussi cessèrent toute activité.

Zéma fut alors assaillie par un tel chagrin, une telle injustice et par la violence assenée à toutes les femmes. Elle comprit que, même en étant protégée par toutes les lois, la femme reste vulnérable partout, tout le temps et à tous les âges. Elle est vulnérable dans la Géorgie moderne et policière, face à son mari pathologiquement jaloux, dans le bunker puant des années 2000, devant son copain obsessionnel, ivre et violent. Et, même si elle dit oui quatre-vingt-dix-neuf fois sur cent, la femme est vulnérable quand elle dit non une seule fois. Elle est vulnérable même quand elle souhaite être légitimée en public, quand un garçon l'emmène au bal de promo sans lui donner d'injonction, sans déchirer sa robe, heurter sa tête sur un tuyau en fonte ou la prendre par les cheveux, écarter brutalement ses jambes, lui cracher au visage et sans désir sauvage. La femme est vulnérable quand elle désire qu'on lui demande de l'accompagner au bal en lui offrant ce qui sera peut-être la seule déclaration d'amour de sa vie. À l'époque, Zéma avait désiré Nougo. Son but n'était pas de torturer les filles de sa classe et, malgré le refus de reconnaissance publique, Zéma s'était quand même éclipsée du bal de promo au premier signe de Nougo. Elle l'avait accompagné dans la cour de l'immeuble pour boire de la vodka bon marché. Elle pensait que Nougo comprendrait son erreur et qu'il lui dirait qu'il l'aimait, mais non, l'admettre devant Zéma signifiait se l'admettre à lui-même. Nougo ne pouvait pas admettre qu'il aimait la fille avec laquelle il traînait dans les toilettes de l'école, dans les jardins, sous les toits des garages, dans les stades vides et dans les cours d'immeubles. Nougo racontait en détail à ses amis ses expériences sexuelles avec cette fille et traitait Zéma de « pute » dans son dos. Les filles comme Zéma ne méritaient pas des garçons comme Nougo, les filles comme Zéma devaient se mettre à quatre pattes et se faire baiser, un point, c'est tout. Si elles refusaient de se mettre à quatre pattes et de se faire baiser, il fallait le faire de force en prenant le pouvoir, en déchirant leur robe, en cognant leur tête contre les tuyaux en fonte, en les prenant par les cheveux, en leur écartant brutalement les jambes, en leur crachant au visage. Avec un désir sauvage, il fallait les faire mettre à quatre pattes et les baiser pour la dernière fois. Puis il fallait les dégager et se débarrasser d'elles, comme d'une poubelle. La place de la poubelle est dans le bunker et la femme n'est pas à l'abri d'être poussée, d'être jetée dans le bunker comme une poubelle !

Les femmes pourtant ne sont pas vulnérables. Zéma n'était pas vulnérable non plus. Zéma avait une arme dans son armoire, la crosse de cette arme casse des dents facilement. Zéma pourrait être vulnérable, mais elle est forte. Quatre hommes n'arrivent pas à l'immobiliser. Ils luttent contre elle pour prendre son arme. Les pleurs de Zéma ne sont pas des hurlements d'hystérie, mais de tous ces sentiments inavoués et accumulés pendant des années et en luttant, le cran de sûreté de son arme se déverrouille, et la balle part. C'est injuste que l'inspection générale de la police doive investiguer sur Zéma. Il est encore plus injuste que son chef s'adresse à elle en criant, en l'insultant, mais pourquoi il l'insulte ? Pourquoi il crie ? Il collabore avec des criminels. Cette information parviendra jusqu'aux oreilles de gens importants du ministère et on verra bien quelle inspection générale sera plus efficace, celle de Zéma ou celle de son chef. Les autres aussi, attendez bien que Zéma fasse pleurer vos mères, vous verrez bien ! Zéma a tout réussi toute seule, absolument tout, et elle compte bien réussir dix fois plus, des imbéciles comme vous ne l'arrêteront pas. Zéma vous marchera dessus, elle vous laissera tomber, elle vous repoussera exactement comme on l'a repoussée, elle. Elle vous jettera là où elle a été jetée. Le chef de l'unité, affolé par les menaces de Zéma et ses anciennes preuves compromettantes, pense que Zéma est folle, inadaptée, qu'il vaut mieux qu'elle rentre chez elle, qu'ils en reparlent tranquillement le lendemain, peut-être qu'il a exagéré lui aussi. Allez, ne mêlons pas l'inspection générale à cette affaire, les garçons ne diront rien sur le tir, ils effaceront les enregistrements vidéo et ils boucheront le trou dans le mur eux-mêmes. Seulement il faut se calmer, là, il faut que tout le monde se calme et prenne une décision rationnelle.

Cela signifie pour Zéma appeler l'homme du ministère et lui avouer la vérité, une vérité unilatérale qui prend racine en classe de 5e jusqu'à ce jour à 23 h 53. Zéma a besoin de l'aide de l'homme du ministère pour évacuer son passé une bonne fois pour toutes, pour soupirer de soulagement, pour avoir un présent normal et planifier un futur paisible. L'homme du ministère l'aiderait, comme d'habitude. Il lui ferait oublier son passé, il lui apporterait le soulagement dans le présent, mais ce serait bien qu'il soit aussi pris en considération dans le futur de Zéma. Elle le ferait certainement. On verrait bien après ce qui se passerait...

20 h 50

Non, Mamouka n'a pas de femme. Plus précisément, il n'a plus de femme, il en avait eu autrefois, trois en réalité, mais pas en même temps. La première dans sa jeunesse, la deuxième durant sa trentaine et, la troisième, il venait de s'en séparer, deux ou trois ans auparavant. Bref, peu importe, ce qui compte, c'est que ça n'ait pas marché, pas avec les femmes, mais lui, Mamouka, en tant que mari, il n'était ni fidèle ni très famille, à l'exception des frais de scolarité versés pour les enfants, des voyages et du bonheur monnayé. Il n'est pas non plus un bon père, son premier enfant a quatorze ans, la croissance, le harcèlement, les problèmes à l'école. C'est vrai qu'il est présent aux réunions de parents au collège. Il l'emmène au cinéma et faire du shopping, mais il n'arrive pas à établir un vrai dialogue, à lui apprendre la vie. Le deuxième a huit ans. Mamouka a oublié de dire que son aînée est une fille, Sissi, et le cadet un garçon, Mamouka. Mamouka père n'en peut plus de ces prénoms inventés, mais sa femme avait insisté. En plus, à l'époque, tu devais appeler ton enfant soit Tamar soit Guiorgui ou alors choisir un prénom étrange. Sissi, ça allait encore, mais il n'avait pas eu de chance avec le prénom que sa femme avait donné à son fils. Elle l'avait appelé Mamouka sans même demander l'avis du vrai Mamouka. Elle lui avait dit qu'elle savait qu'il allait bientôt la quitter, donc elle voulait avoir un autre Mamouka dans sa vie. Leur séparation lui avait donné raison. Ce n'était même pas lié au choix du prénom de leur fils. Seulement, on voyait bien à la lumière de ce seul exemple que tous les deux venaient de deux planètes différentes. Mamouka n'a pas eu d'enfant avec sa troisième femme, non pas parce qu'il ne pouvait plus faire d'enfant – il était suffisamment en forme pour cela –, mais parce que cette fille, cette créature vénale, essayait de tomber rapidement enceinte. Elle avait probablement entendu que Mamouka gâtait ses ex-femmes et ses enfants. Même si Mamouka avait bien compris que cette fille, sa troisième femme, deux fois moins âgée et dix fois plus jolie que lui, ne se mariait pas avec lui pour ses traits aristocratiques et sa voix grave, ses plans excessivement primitifs et son impatience cupide l'avaient irrité et il avait divorcé inhabituellement tôt. C'est important que Mila sache que Mamouka ne ment jamais. S'il n'avoue jamais son infidélité, ce n'est pas parce qu'il en a honte, mais parce qu'il pense qu'avouer

l'infidélité revient à se défausser de sa responsabilité et à faire peser le poids de sa conscience sur les épaules de sa partenaire. Mamouka n'est pas si lâche, il n'est pas lâche du tout, il est fort et indépendant. Mamouka fait ce qu'il a envie de faire et, en ce moment même, Mamouka veut Mila. Il sait que Mila a un mari et que Mila n'est pas heureuse. Les femmes heureuses ne chuchotent pas aux oreilles des inconnus. Si Mamouka ne lui demande pas de divorcer et d'emménager chez lui, ni aujourd'hui ni jamais, ce n'est pas parce qu'elle est moins bien que ses ex-femmes, elle est même probablement mieux qu'elles, plus intéressante, plus belle et la partenaire idéale, mais Mamouka a déjà tout vu, du véritable amour jusqu'au mariage par intérêt. Il a bien vu que ni l'un ni l'autre ne marchent. Il ne veut plus ni l'amour ni rester sans amour. Mamouka veut quelque chose de simple et d'extrêmement agréable. En un mot, Mamouka veut Mila et, si Mila accepte Mamouka, elle recevra le bonheur, la liberté et la légèreté. À leur âge, ces trois choses sont primordiales. Il est fondamental que Mila réfléchisse à ses émotions et à ce qu'elle ressent.

Ça fait toute la journée, non, ça fait deux semaines que Mila réfléchit, réfléchit, réfléchit, réfléchit... Mila ne peut plus réfléchir, il n'y a plus matière à réflexion. Elle se maquille, se coiffe, se fait les ongles, choisit ses sous-vêtements. Le lit est seulement l'issue de la trahison. En réalité, la trahison a commencé au moment même où elle a accepté d'aller fréquenter la salle de sport et, pour dire la vérité, elle ne sait pas du tout ce qu'est la trahison. Elle ne sait pas non plus comment elle est arrivée à un point où elle doit choisir entre se trahir elle-même ou trahir sa famille. Voilà, Mila se remet à réfléchir, non, non, non, Mila ne veut plus réfléchir. Ce n'est pas Mamouka qui veut Mila, mais c'est Mila qui veut Mamouka. Elle se prépare surtout pour elle-même et non pour Mamouka. Elle est curieuse de savoir ce qu'elle veut. Elle ressent qu'elle est une femme et, si c'est tout ce qu'elle tirera de sa relation avec Mamouka, ça lui suffit. C'est le plus important. Mila et toutes les femmes de sa génération mariées à des hommes défaillants ont oublié qu'à part être celle qui gagne l'argent dans la famille, à part être la cuisinière, la femme de ménage, la mère, la nounou de leur mari, ce sont des femmes et qu'à part laver le linge dans l'eau froide, avoir deux jobs et survivre, elles ont d'autres besoins. Mila est curieuse de savoir ce qu'elle éprouve. Elle ressent qu'elle a perdu beaucoup de temps, qu'elle s'est perdue et qu'elle est devenue quelqu'un qui existe un mois après l'autre, un anniversaire après l'autre, l'anniversaire dont on ne se souvient plus. Mila est devenue une femme sous l'emprise de tout le monde, la femme qui fait passer tout le monde avant elle, la femme-mère, la femme-femme, la femme-« Prête-moi de l'argent» et surtout pas un être humain avec ses désirs, sans parler de ses rêves. Mila ne rêve plus et, comme le lit symbolise la trahison, tel est le cercueil. Le cercueil est l'aboutissement de la mort, tu meurs d'une véritable mort là où tu arrêtes de rêver. Tbilissi – cette flaque sale, marécageuse, que les morts ont héritée des morts – est le meilleur endroit où Mila n'ait jamais vécu, c'est amusant, non ? C'est tragique que la génération de Mila et de Mamouka n'ait pas eu de jeunesse. Ils sont passés directement de leur enfance à l'âge

adulte, autrement dit en enfer. De quoi peux-tu rêver quand les gens se tirent dessus, quand ils s'entre-tuent dans la rue, se torturent, se mutilent et se brûlent au fer à repasser ? De quoi peux-tu rêver quand tu prends ton petit-déjeuner en souffrant ? Tu dois rêver de survivre ? Non, ils ne rêvent pas de survivre, mais ils prient pour et ils se sont éteints là où, entre la mort et la vie, ils se sont mis à réciter la prière de ceux qui ne sont plus...

Pardon, Mila doit aller dans la salle de bains, se passer de l'eau sur le visage, se réveiller un peu, sinon elle va se mettre à pleurer. Et elle ne pourra plus s'arrêter. Son maquillage coulera sur son visage et les compliments de Mamouka, qui dit que Mila est très belle même sans maquillage, ne pourront pas l'en empêcher. La première porte à droite dans le corridor est celle de la salle de bains.

Si ça se trouve, Mamouka est tellement chanceux qu'il n'a jamais vécu dans le Tbilissi des années 1990, ses parents l'ont envoyé en Allemagne, voilà pourquoi Mamouka a survécu... Ceux qui n'ont pas eu de chance et qui n'ont pas réussi à survivre ? Ou, au contraire, ceux qui n'ont pas eu de chance et qui ont survécu ? Et Guéna ? Le pauvre Guéna, qui n'a jamais eu de chance pour quoi que ce soit, ni dans la vie ni dans la mort, alors qu'il essayait de toutes ses forces de réussir soit l'une soit l'autre. Guéna-pur, Guéna-Karabakh, Guéna-la-mort-à-Bakou, Guéna-lapidation-à-mort-à-Erevan, Guéna-jeux-de-la-guerre-à-Tbilissi, Guéna-le-samedi-noir, Guéna-Samuel-torturé, Guéna-milicien, Guéna-Lazare-noyé-dans-le-bain, Guéna-un-homme, un mari, un père, un héros raté... Pourtant, Mila se souvient de l'autre Guéna. Guéna était différent et, si seulement il avait eu une seule fois de la chance dans sa vie, Mila ne serait pas assise devant Mamouka. C'est Guéna qui serait assis à la place de Mamouka. Mais, non, les hommes comme Guéna n'ont pas de chance. Voilà pourquoi les femmes comme elle n'ont pas de chance non plus, d'aimer des hommes comme lui, d'aimer les possibilités de ces hommes qui, à cause de la douleur, des traumatismes et de millions d'autres événements malheureux, n'ont pas réussi. Elles aiment ces hommes qui n'ont pas eu de chance, qui ont survécu mais qui sont en train de s'étioler à petit feu. Elles ne les laissent pas tomber, elles se sacrifient même jusqu'à la fin. Elles restent à leurs côtés jusqu'au bout en essayant de les comprendre. Mila aime son sacrifice. Elle aime ce pauvre et malheureux Guéna, elle aime son propre passé, elle préfère la puanteur de Guéna à l'immaculé Mamouka. Mamouka est un gentleman, il accepte sereinement la décision de Mila. Il démarre sa voiture et il l'accompagne paisiblement jusqu'à son travail. Il dit qu'il comprend Mila. Il peut comprendre beaucoup de choses, mais il ne comprendra jamais les femmes comme Mila. Mamouka appartient à un autre passé, un autre présent et un autre futur. Mila est une femme qui regarde son propre reflet dans le miroir d'un air satisfait. Ce qui est le plus important, c'est que Mila soit une femme, elle est vivante, elle est désirée et rien n'est encore terminé, il n'est pas trop tard. En Guéna vit toujours le jeune homme avec lequel elle s'est mariée, l'homme qui a sauvé le Président et elle a déjà fait des millions de choses pour lui et elle en fera encore une, une dernière chose, une toute dernière chose.

21 h 12

Ils n'avaient pas tué Guéna. Il avait survécu. Cette fois-ci, il avait eu de la chance. Les gens ne tuent plus beaucoup ces derniers temps – la vie a un sens à présent. Ce qui signifie qu'il y a du sens à torturer un être humain, à l'humilier, à lui faire peur, à tuer son espoir et à le mener jusqu'à choisir de mourir plutôt que de vivre, mais la mort n'est pas un choix pour Guéna, c'est juste une issue logique, la fin du cercle du péché ou quelque chose comme ça... Au diable, c'est trop tard pour y penser, il est vivant. Pourtant, il a quelques os cassés ou fêlés. Il a terriblement mal à la tête et son genou droit sort de son axe. L'acolyte de Nougo l'a frappé avec une matraque télescopique. Bien sûr, sinon comment seraient-ils parvenus à battre les deux hommes ?

— Quelle bande de salauds ! dit Guéna en russe.

— Ça fait vingt-deux ans que je ne me suis pas battu, ajoute Irakli.

— On ne peut pas appeler ça se battre, Iraklidjan.

— Peu importe.

— C'était le chaos comme disent les Russes. Une vraie bagarre !

— Oui, donc ça fait vingt-deux ans que personne ne m'a frappé. La dernière fois, c'était un voleur. Mais là, regarde de quoi j'ai l'air.

— Peu importe qui t'a battu, ce type est une merde.

— Ça, c'est sûr.

— On t'a tabassé pour une place de parking la dernière fois aussi ?

— Non, à l'époque, il n'y avait pas autant de voitures. J'opérais un enfant de voleur et il s'est mis à chialer.

— Son père t'a frappé pour ça ?

— Ça t'étonne ? Et eux, ils avaient une raison valable ?

Il n'eut pas le loisir de poursuivre. Une voiture apparut sur le chemin, ils lui firent signe, mais quel conducteur s'arrêterait pour deux inconnus amochés et recouverts de boue de la tête aux pieds ? En plus, Guéna et Irakli se tenaient près du cimetière – pas près des tombes archéologiques des années 1990, mais près d'un cimetière illégal érigé sans l'autorisation de l'État avec des tombes clôturées par des pierres en marbre. Puisqu'en Géorgie, tu ne peux même pas mourir sans avoir demandé l'avis de l'État, un jour, les résidences secondaires des élites ou des immeubles à plusieurs étages s'élèveront sur les corps des morts.

— J'ai appris une bonne leçon, dit Irakli

— Quelle leçon ? Que tu ne devrais pas soigner un enfant de voleur ?

— Pas du tout. Je distribuais des jouets aux enfants avant de les opérer, des pistolets aux garçons, des Barbie aux filles, et ça marchait.

— Ils ne pleuraient plus ?

— Si, c'est normal qu'un enfant pleure mais, au moins, les parents ne me frappaient plus.

— Alors, dis-moi, qu'est-ce que tu as tiré comme leçon aujourd'hui ?

Irakli se tut. Voilà sa leçon : il a eu peur. Irakli a perdu

tout espoir. La violence nous apprend ça, Iraklijan, ce n'est pas grave, vous avez traversé des choses bien plus graves, toi et Guéna, et regarde : le bus passe sur la route, fais-lui un signe de la main. Potentiellement, le monde n'a pas encore violenté le conducteur. Si ça se trouve, il est naïf ou débile ou, encore pire, il est gentil. Fais-lui un signe de la main, il s'arrêtera peut-être. Si ça se trouve, le conducteur et ses passagers sont les constructeurs du ghetto chinois. Si ça se trouve, ces Chinois ne sont pas si mauvais et insupportables que le pense Koba et, si ça se trouve, les femmes nettoieront tes blessures à l'aide de serviettes mouillées, les panseront avec des baumes. Et ils parleront géorgien et ils te proposeront de t'aider et d'appeler la police ! Attends ! Guéna a besoin d'une seconde, il voit quelque chose dans le cimetière, il va faire un aller-retour en courant. Qu'est-ce qu'il va y chercher ? Ça ne te regarde pas. C'est fini, Guéna est revenu, tu peux partir et, avant de quitter la voiture, n'oublie pas de dire merci, n'oublie pas non plus ces Chinois ni la leçon que tu as tirée aujourd'hui. Gare cette maudite voiture quelque part plus loin et, ce n'est pas grave si demain une immense

Jeep noire d'un policier haut gradé se gare sur ta place. Que feras-tu alors ? Autrefois, ce pays appartenait aux criminels ; aujourd'hui, il appartient aux policiers. Donc considère que, pour toi et pour les gens comme toi, rien n'a changé et habitue-toi à l'idée que rien ne changera jamais. Rien ne changera, même pas Nougo et Koba qui boiront ensemble tous les soirs. Koba arrivera toujours à échapper à Nougo avant qu'il ne se mette à hurler et à l'insulter à cause de l'alcool et de ces cocktails de conneries de la pharmacie, avant que les voisins ne referment leurs fenêtres et leurs portes. Habitue-toi à l'idée que ni ces voisins ni le monde autour de toi ne changeront jamais, même s'ils construisent des nouveaux stades, coulent de l'asphalte, rénovent les immeubles. L'odeur puante sortira quand même des bunkers installés dans les fondations des immeubles soviétiques. Iraklijan, tu la sens, non ? Tu sens cette puanteur ? Elle n'est partie nulle part. Elle est là pour toujours comme une tique éternelle. Cette puanteur sèche, fane, estompe. Ça te brûle les yeux, Iraklijan ? Ce n'est pas grave, pleure, pleure mais ne te fracasse pas, et pas parce que quelque chose de meilleur t'attend, non, mon ami, c'est la façade de la démocratie qui est détruite. Tu es seulement devant la première porte de l'enfer et ce n'est toujours pas fini pour toi, Irakli, ce n'est pas du tout fini. Sors en silence de l'ascenseur, mon ami, ne dis rien, il n'y a rien à dire.

Guéna connaît tout cela. Guéna l'a vu, il a tout appris, il est juste en train de répéter ses leçons pour la énième fois. Mila aussi lui pose une fois de plus la question, de nouveau elle s'intéresse à qui l'a battu et pourquoi. Guéna ne veut pas répondre, mais il a une fleur coupée du cimetière, car c'est l'anniversaire de Mila aujourd'hui. Mila a un plan pour récupérer Guéna. Elle est confiante. Elle n'a pas encore changé de vêtements. Mila est jolie, encore plus quand elle se déshabille pour Guéna, non, pas pour Guéna, pour elle-même, seulement pour elle. Si jusque-là elle suivait Guéna, désormais c'est au tour de Guéna de la suivre, d'abord dans la chambre et puis dans le passé où ils sont toujours enfants, où elle l'enserre à califourchon sur le Desna dva, où elle lui fait un câlin et l'embrasse, où ils couchent ensemble pour la première fois, où ils n'arrivent pas à taire leur passion, où ils se laissent des traces de dents sur tout le corps, où ils s'aiment jusqu'à la douleur, où, le jour de leur mariage, dans les toilettes du restaurant, Guéna plonge sa tête dans la robe de la mariée et il lui offre le cadeau le plus étrange, où elle se tient à genoux devant son mari et où les hurlements de bonheur de Guéna vont se briser sur le miroir des toilettes, dans le passé où ils s'aiment à l'infini, sans limite, et où ils sont obligés de passer la nuit dans les postes de police à cause de cet amour, dans le passé où la paix règne encore à Bakou et où ils ne dépendent pas de leurs parents, où ils n'ont plus peur des grincements des lits de mauvaise qualité, où la chambre se remplit des sons de l'amour, où la petite Zéma dort dans un immense appartement avec un jardin à Tbilissi pendant que Mila et Guéna, qui connaissent tous les recoins de leur maison, s'aiment sur les murs, par terre, sur le piano à queue et surtout sur le cabinet en bois massif couvert de velours vert, dans le passé où l'univers est douloureux mais supportable et où la puanteur est encore imperceptible. Ils retourneront dans la réalité quand Guéna sera complètement vidé de tous ses souvenirs qui chassent la vie en lui, quand Mila aura récupéré tout son temps perdu, quand ils écriront l'insupportable sur leurs corps. Ils continueront alors de vivre et, ainsi, ils ne remarqueront plus l'enfer, ils en oublieront l'existence.

4 h 13

— Pourquoi tu ne dors pas ?

— Et toi, depuis quand tu dors avec maman ? demanda Lazare.

— Ben, tu vois bien que je ne dors pas.

— Vous vous êtes réconciliés ?

— Nous ne nous sommes jamais disputés.

— Alors, pourquoi vous ne vous parliez pas ?

— Depuis quand ?

— Je ne sais pas, depuis toujours.

— Cela peut arriver.

— Une vie entière ?

— Toute une vie ne suffit pas pour trouver les mots justes. Enlève-moi ce Kantsi et ce toast, mon fils, répondit Guéna.

Guéna rit. Il se rendit dans la cuisine, mit la théière sur le feu et sortit les gâteaux au miel de l'armoire.

— Mets le basket, c'est un bon match.

Lazare alluma la télévision, la deuxième mi-temps commençait entre Oklahoma et Denver et les Nuggets menaient d'un point. Un point d'avance, ce n'est rien au basket, en tout cas au cours d'un match, et qu'ils gagnent d'un point ou de vingt et un, ça n'avait aucune importance, en tout cas pour Guéna. Guéna avait besoin de la victoire d'Oklahoma et d'un petit miracle de la part de Russell Westbrook. Vingt et un points, douze dunks et six passes. Encore quatre et Westbrook ferait un triple-double, il égalerait le record d'Oscar Robertson et il serait le deuxième meilleur joueur de l'histoire du basket, avec ses statistiques de triples-doubles dans la saison. Allez, Russell ! Vas-y ! Si quelque part dans le Caucase, en Géorgie, à Tbilissi, dans le quartier de la mer, un homme tragique, Guéna, croyait en toi, alors tu devais t'arracher et tu devais même faire un quadruple-double, tu devais justifier son espoir. Guéna devait avoir de la chance, le soleil devait se lever différemment pour lui !

On entendait depuis la salle de bains le vibromasseur de la « formule pour la jeunesse garantie ». Mila rajeunissait, récupérait ses années perdues et elle effaçait millimètre par millimètre le poids du passé en commençant par les pores de la peau et ses valises sous les yeux. Allez, Mila, courage ! Efface et déconstruis. Érige un grand mur, ne laisse même pas un seul espace entre le passé et le présent et, puisque tu es en train d'empiler des briques, pose des fondations et bâtis-le, ton avenir ! Demain le soleil doit se lever différemment !

Guéna se servit un thé et un autre pour Lazare, les apporta dans le salon et s'assit dans le fauteuil.

— Tu peux le boire.

— Merci.

Guéna connaissait Lazare mieux que n'importe qui et il savait bien qu'il avait sa tête des mauvais jours. Quelque chose le rongeait, le dérangeait, le tourmentait.

— Raconte-moi donc.

— Quoi ?

— Je ne sais pas. Ce qui te tourmente.

Lazare fit non de la tête. Il ne voulait pas parler. Il aurait bien voulu, mais il en était incapable car, s'il racontait tout, il devrait tout avouer. Lazare Wu, construit à grand-peine, se saborderait et il en serait laminé mentalement, Budisho et Hegakuré aussi.

— Tu préfères que ça te ronge de l'intérieur ?

Ça l'avait déjà rongé de l'intérieur. Plus que ça, il avait effacé les derniers tracks sur lesquels il travaillait, comme cela. « Je vis comme un Messie », non ? Il disait qu'il cherchait la crucifixion et la crucifixion n'arrivait pas sans douleur ni sans rien dire. Tu ne pouvais pas te crucifier en silence, tout seul, la crucifixion nécessite un témoin.

— Tu te souviens qu'un jour, quand tu étais jeune, tu m'avais dit que c'était facile de ne pas être conformiste ? dit Lazare.

— Et alors ?

— Pas tant que cela en vérité.

Lazare raconta tout à son père, absolument tout, sur la lutte des classes, sur les riches bâtards et les pauvres au bord de la famine, sur les dettes contractées auprès des organismes de microcrédits. Il lui raconta ce que ça signifiait de conduire un scooter à Tbilissi, ce que ça signifiait de respirer la ville saturée de plomb et de la pollution des voitures, ce que ça signifiait d'avoir faim quand l'autre remplissait son ventre jusqu'à la panse, ce que signifie « Tu commandes, on te livre ». Lazare raconta les gens qui commandaient et ceux qui livraient. Il raconta ce que ça faisait de stationner son scooter plusieurs fois par jour en redoutant à chaque fois un vol, cette peur de la perte, celle de sa place, de son travail, de son salaire. Dans cette vie, même les gens qui travaillaient étaient perdus, les chômeurs étaient des gens qui mouraient en silence, sans un bruit, comme s'ils n'avaient pas vécu du tout, comme s'ils n'avaient pas existé, comme s'ils n'avaient pas connu de joie, comme s'ils n'avaient pas eu faim, comme s'ils n'avaient pas eu mal, comme si la pauvreté était un destin auquel tu devais t'habituer. Et ils s'étaient habitués, car des élites, car à des élites, car pour les élites…

Guéna l'écoutait, Guéna l'entendait et Guéna savait que Lazare avait raison sur tout, absolument tout, mais il existe des vérités qui te donnent tort. Guéna ne donnait pas raison à son propre fils – pour lequel il était capable de prétendre que noir était blanc –, le fils qu'il n'avait jamais réprimandé, pour lequel il aurait été capable de voler ce maudit scooter, même si Lazare pleurait, Lazare était peiné et Lazare regrettait. Guéna pensait toujours que l'homme se définit par ses choix et non par ses regrets, que Lazare avait mal choisi, qu'il s'était trompé dans ses choix. Guéna n'attendait pas ça de son fils, qu'il l'ait déçu. Et, malgré tous ces « que », il n'était pas trop tard et il avait encore deux choix : soit il réparait son erreur, soit il continuait à vivre avec cette erreur… Guéna ne put terminer sa pensée car il entendit une voix désespérée provenant de la rue : « Aidez-moi ! »

Ce n'était pas un appel connu des pauvres années 2000. Ce cri et d'autres comme celui-là étaient des cris transformés en pleurs qu'on pouvait entendre plusieurs fois par jour pendant les années 1990, près des fenêtres de l'appartement de Guéna et de celles de la moitié des Géorgiens. Ces cris redoublèrent. Guéna reconnut la voix de Koba. En s'approchant de la fenêtre, il vit que son ami courait en boitant, le crâne fendu, poursuivi par quelques hommes cagoulés munis de matraques et proférant des insultes. Ils étaient sur le point de l'attraper pour le massacrer et pour le tuer. Guéna vit aux fenêtres les silhouettes des voisins apeurés se cacher derrière les rideaux. Il vit deux hommes cagoulés sortir Nougo de l'immeuble par la force. Guéna vit comment ils faisaient rentrer Nougo et Koba dans une voiture. Il aperçut Zemachka sur le balcon, avec un visage satisfait et heureux, qui tapait des messages sur son portable. Guéna ouvrit la fenêtre et se mit à hurler, à menacer et à insulter. Quand il regarda Zéma et vit la panique dans ses yeux, dans ses mains et dans ses mots prononcés d'une voix tremblante, quelque chose alourdit son cœur, une chose que même Mila ne pourrait pas retirer. Guéna fila de la maison, dévala les escaliers en courant. Lazare le poursuivit, puis Mila à son tour, le visage recouvert d'un masque de soin. Zéma les poursuivit aussi et elle criait, désespérée : « Ne le touchez pas, c'est mon père ! »

Les hommes cagoulés étaient capables de condamner non seulement le père d'une femme en peignoir, mais leurs propres parents aussi sur ordre de leur supérieur. Fort heureusement, le supérieur et donneur d'ordres apparut rapidement. Il sortait de l'immeuble de Nougo. C'était l'ami d'enfance de Guéna, cet ancien membre de Mkhedrioni, qui avait travaillé pour le système de tous les gouvernements, celui qui était indissociable du système, l'ombre du passé de Guéna, le témoin du péché, l'homme qui lui lisait Ivanhoé de Walter Scott et lui parlait d'Umberto Eco, l'homme qui avait perdu la foi en sa propre société et l'espoir d'un meilleur avenir, là où Sabourtalo avait été organisé, à quelques kilomètres de Roustavéli, en même temps que la guerre de Tbilissi, l'homme qui avait senti avant Guéna la puanteur de la Géorgie postsoviétique et qui, à l'inverse de Guéna, ne s'était pas enfui. Bien au contraire, il avait embrassé cette puanteur, il l'avait acceptée et l'avait enfilée comme une deuxième peau. L'homme à qui Guéna avait appris à faire du vélo sortit de l'immeuble de Nougo. Il sortit en chevauchant exactement ce même Desna dva muni d'une selle de Takhion que Guéna croyait perdu depuis un siècle. Ces deux-là s'attendaient à tout, sauf à se voir en ce lieu. Quand ils se heurtèrent, ils se figèrent et leurs visages, leurs nerfs, leurs muscles se figèrent aussi. L'homme du ministère comprit qu'il ne pourrait plus jamais demander la main de Zéma. Et quand le bunker de la puanteur commença à exploser sous les pieds de Guéna, quand Russell Westbrook planta un buzzer beater à trois points, quand il réécrivit l'histoire du basket et que le commentateur cria : « *What a perfect ending of this historic day!* », tandis que le silence dramatique du passé accumulé de deux anciens amis était seulement rompu par le bruit du vibromasseur de « la formule de la jeunesse garantie », là, exactement à ce moment-là, Guéna sentit son passé et son présent puer, ainsi que son futur et ses enfants – ces enfants qui avaient grandi dans cette puanteur.

Cet ouvrage
a été achevé d'imprimer
en mai 2023
sur les presses
de Normandie Roto Impression,
à Lonrai,
en France
pour le compte
des éditions Emmanuelle Collas.

Nº d'éditeur: 34
Nº d'imprimeur:
ISBN: 978-2-490155-72-9

Dépôt légal: septembre 2023